Richard J...

LE LIVRE DE POCHE

JEUNESSE

GAI SAVOIR

Victor Hugo

Victor Hugo, né à Besançon en 1802, domine le XIX*e siècle et l'histoire de la littérature française, par la fécondité de son génie et la diversité de son œuvre. Créateur du drame moderne, d'*Hernani *(1830) à* Ruy Blas *(1838), c'est aussi un extraordinaire romancier dans ces fresques où se mêlent le sublime et le grotesque:* Notre-Dame de Paris *(1831)*, Les Misérables *(1862) et* Les Travailleurs de la mer *(1866).*
Poète lyrique, il a abordé tous les thèmes et tous les tons, des premières Odes *de 1822 à* L'Art d'être grand-père *(1877), des* Contemplations *(1856) à* La Légende des siècles *(1859). « Écho sonore » de tout un siècle, ce fut aussi un pamphlétaire redoutable, plaidant contre l'injustice sociale et participant aux débats politiques de son temps. Exilé de 1851 à 1870 à Jersey et Guernesey (*Les Châtiments, *1853), il rentre triomphalement à Paris à l'avènement de la Troisième République.*
Sa mort, en 1885, donne lieu à des funérailles nationales.

LES MISÉRABLES

TOME 1

JEAN VALJEAN

JEAN VALJEAN

LES MISÉRABLES
TOME 1
JEAN VALJEAN

Illustrations :
Jean-Claude Götting

HACHETTE Jeunesse

Certaines œuvres littéraires peuvent, par leur ampleur, sembler difficilement accessibles à de jeunes lecteurs. Ni adaptation, ni résumé, ce livre propose une version abrégée du texte original : Les coupures y sont effectuées de manière à laisser intacts le ton et le style de l'auteur...

Première partie

Fantine

1

M. Myriel

En 1815, M. Charles-François-Bienvenu Myriel était évêque de Digne. C'était un vieillard d'environ soixante-quinze ans. Fils d'un conseiller au parlement d'Aix — noblesse de robe —, il occupait le siège de Digne depuis 1806.

M. Myriel était arrivé à Digne accompagné d'une vieille fille, Mlle Baptistine, qui était sa sœur et qui avait dix ans de moins que lui.

Ils avaient pour tout domestique une servante appelée Mme Magloire.

Mlle Baptistine était une personne longue, pâle, mince, douce. Elle n'avait jamais été jolie; toute sa vie, qui n'avait été qu'une suite de saintes œuvres, avait fini par mettre sur elle une sorte de blancheur et de clarté, et, en vieillissant, elle avait gagné ce qu'on pourrait appeler la beauté de la bonté.

Mme Magloire était une petite vieille, blanche, grasse, replète, affairée, toujours haletante, à cause de son activité d'abord, ensuite à cause d'un asthme.

A son arrivée, on installa M. Myriel en son palais épiscopal avec les honneurs voulus par les décrets impériaux qui classent l'évêque immédiatement après le maréchal de camp. Le palais épiscopal de Digne était attenant à l'hôpital. C'était un vaste et bel hôtel bâti en pierre, un vrai logis seigneurial.

L'hôpital était une maison étroite et basse, à un seul étage, avec un petit jardin.

Trois jours après son arrivée, l'évêque visita l'hôpital. La visite terminée, il fit prier le directeur de vouloir bien venir jusque chez lui.

— Monsieur le directeur de l'hôpital, lui dit-il, combien en ce moment avez-vous de malades?

— Vingt-six, monseigneur. Mais ils sont bien serrés les uns contre les autres.

— Tenez, monsieur le directeur de l'hôpital, je vais vous dire. Il y a évidemment une erreur. Vous êtes vingt-six personnes dans cinq ou six petites chambres. Nous sommes trois ici, et nous avons place pour soixante. Il y a erreur, je vous dis. Vous avez mon logis, et j'ai le vôtre. Rendez-moi ma maison. C'est ici chez vous.

Le lendemain, les vingt-six pauvres malades

étaient installés dans le palais de l'évêque, et l'évêque était à l'hôpital.

Pendant tout le temps qu'il occupa le siège de Digne, M. Myriel ne changea rien à cet arrangement. Il recevait de l'État un traitement de quinze mille francs. Il ne garda pour ses dépenses personnelles que quinze cents francs, le reste allant aux pauvres.

Quant au casuel épiscopal, rachats de bans, dispenses, ondoiements, prédications, bénédictions d'églises ou de chapelles, mariages, etc., l'évêque le percevait sur les riches avec d'autant plus d'âpreté qu'il le donnait aux pauvres.

L'usage étant que les évêques énoncent leurs noms de baptême en tête de leurs mandements et de leurs lettres pastorales, les pauvres gens du pays avaient choisi, avec une sorte d'instinct affectueux, dans les noms et prénoms de l'évêque, celui qui leur présentait un sens, et ils ne l'appelaient que monseigneur Bienvenu. Du reste, cette appellation lui plaisait. — J'aime ce nom-là, disait-il. Bienvenu corrige monseigneur.

M. l'évêque, pour avoir converti son carrosse en aumônes, n'en faisait pas moins ses tournées. C'est un diocèse fatigant que celui de Digne. Il a fort peu de plaines et beaucoup de montagnes, presque pas de routes. Il allait à pied quand c'était dans le voisinage, en carriole quand c'était dans la plaine, en cacolet dans la montagne. Les deux vieilles femmes l'accompagnaient. Quand le trajet était trop pénible pour elles, il allait seul.

Sa conversation était affable et gaie. Il savait dire les choses les plus grandes dans les idiomes les plus vulgaires.

Du reste, il était le même pour les gens du monde et pour les gens du peuple.

Il ne condamnait rien hâtivement, et sans tenir compte des circonstances. Il disait : Voyons le chemin par où la faute a passé.

Il arriva à Digne une aventure tragique. Un homme fut condamné à mort pour meurtre. C'était un malheureux pas tout à fait lettré, pas tout à fait ignorant, qui avait été bateleur dans les foires et écrivain public. Le procès occupa beaucoup la ville. La veille du jour fixé pour l'exécution du condamné, l'aumônier de la prison tomba malade. Il fallait un prêtre pour assister le patient à ses derniers moments. On alla chercher le curé. Il paraît qu'il refusa en disant : Cela ne me regarde pas. Je n'ai que faire de cette corvée et de ce saltimbanque; moi aussi je suis malade; d'ailleurs ce n'est pas là ma place. On rapporta cette réponse à l'évêque qui dit : *Monsieur le curé a raison. Ce n'est pas sa place, c'est la mienne.*

Il alla sur-le-champ à la prison, il descendit au cabanon du « saltimbanque », il l'appela par son nom, lui prit la main et lui parla. Il passa toute la journée auprès de lui, oubliant la nourriture et le sommeil, priant Dieu pour l'âme du condamné et priant le condamné pour la sienne propre. Il lui dit les meilleures vérités qui sont les plus simples. Il fut père, frère, ami ; évêque pour bénir seulement. Il lui enseigna tout, en le rassurant et en le consolant. Cet homme allait mourir désespéré. La mort était pour lui comme un abîme. Il n'était pas assez ignorant pour être absolument indifférent. Sa condamnation, secousse profonde, avait en quelque sorte rompu çà et là autour de lui cette cloison qui nous sépare du mystère des choses et que nous appelons la vie. Il regardait sans cesse au-dehors de ce monde par ces brèches fatales, et ne voyait que des ténèbres. L'évêque lui fit voir une clarté.

Le lendemain, quand on vint chercher le malheureux, l'évêque était là. Il le suivit et se montra aux yeux de la foule en camail violet et avec sa croix épiscopale au cou, côte à côte avec ce misérable lié de cordes.

Il monta sur la charrette avec lui, il monta sur l'échafaud avec lui. Le patient, si morne et si accablé la veille, était rayonnant. Il sentait que son âme était réconciliée et il espérait Dieu. L'évêque l'embrassa, et, au moment où le couteau allait tomber, il lui dit : « Celui que l'homme tue, Dieu le ressuscite. » Quand il descendit de l'échafaud, il avait quelque chose dans son regard qui fit ranger le peuple.

La maison qu'il habitait se composait d'un rez-de-chaussée et d'un seul étage : trois pièces au rez-de-chaussée, trois chambres au premier, au-dessus un grenier. Derrière la maison, un jardin d'un quart d'arpent. Les deux femmes occupaient le premier. L'évêque logeait en bas. La première pièce, qui s'ouvrait sur la rue, lui servait de salle à manger, la deuxième de chambre à coucher et la troisième d'oratoire. On ne pouvait sortir de cet oratoire, sans passer par la chambre à coucher, et sortir de la chambre à coucher sans passer par la salle à manger. Dans l'oratoire, au fond, il y avait une alcôve fermée, avec un lit pour les cas d'hospitalité.

Sa chambre était assez grande et assez difficile à chauffer dans la mauvaise saison. Comme le bois est très cher à Digne, il avait imaginé de faire faire dans l'étable à vaches un compartiment fermé d'une cloison en planches. C'était là qu'il passait ses soirées dans les grands froids. Il appelait cela son *salon d'hiver.*

Il faut convenir cependant qu'il lui restait de ce qu'il avait possédé jadis six couverts d'argent et une cuillère à soupe que Mme Magloire regardait tous les jours avec bonheur reluire splendidement sur la grosse nappe de toile blanche. Et comme nous peignons ici l'évêque de Digne tel qu'il était, nous devons ajouter qu'il lui était arrivé plus d'une fois de dire : — Je renoncerais difficilement à manger dans de l'argenterie.

Il faut ajouter à cette argenterie deux gros flambeaux d'argent massif qui lui venaient de l'héritage d'une grand'tante. Ces flambeaux portaient deux bougies de cire et figuraient habituellement sur la cheminée de l'évêque. Quand il avait quelqu'un à dîner, Mme Magloire allumait les deux bougies et mettait les deux flambeaux sur la table.

Il y avait dans la chambre même de l'évêque, à la tête de son lit, un petit placard dans lequel Mme Magloire serrait chaque soir les six couverts d'argent et la grande cuiller. Il faut dire qu'on n'en ôtait jamais la clef.

La maison n'avait pas une porte qui fermât à clef. La porte de la salle à manger qui donnait de plain-pied sur la place de la cathédrale, était jadis ornée de serrures et de verrous comme une porte de prison. L'évêque avait fait ôter toutes ces ferrures, et cette porte, la nuit comme le jour, n'était fermée qu'au loquet. Le premier passant venu, à quelque heure que ce fût, n'avait qu'à la pousser.

En neuf ans, à force de saintes actions et de douces manières, monseigneur Bienvenu avait rempli la ville de Digne d'une sorte de vénération tendre et filiale.

2

Le soir d'un jour de marche

Dans les premiers jours du mois d'octobre 1815, une heure environ avant le coucher du soleil, un homme qui voyageait à pied entrait dans la petite ville de Digne. Les rares habitants qui se trouvaient en ce moment à leurs fenêtres ou sur le seuil de leurs maisons regardaient ce voyageur avec une sorte d'inquiétude. Il était difficile de rencontrer un passant d'un aspect plus misérable. C'était un homme de moyenne taille, trapu et robuste, dans la force de l'âge. Il pouvait avoir quarante-six ou quarante-huit ans. Une casquette à visière de cuir rabattue cachait en partie son visage brûlé par le soleil et le hâle et ruisselant de sueur. Sa chemise de grosse toile jaune, rattachée au col par une petite ancre d'argent, laissait voir sa poitrine velue ; il avait une cravate tordue en corde, un pantalon de coutil bleu usé et râpé, blanc à un genou, troué à l'autre, une vieille blouse grise en haillons, rapiécée à l'un des coudes d'un morceau de drap vert cousu avec de la ficelle, sur le dos un sac de soldat fort plein, bien bouclé et tout neuf, à la main un énorme bâton noueux, les pieds sans bas dans des souliers ferrés, la tête tondue et la barbe longue.

Personne ne le connaissait, ce n'était évidemment qu'un passant. Il faisait son entrée dans Digne par la même rue qui sept mois auparavant avait vu passer l'empereur Napoléon allant de Cannes à Paris. Cet homme avait dû marcher tout le jour. Il paraissait très fatigué. Des femmes de l'ancien bourg qui est au bas de la ville l'avaient vu s'arrêter sous les arbres du boulevard Gassendi et boire à la fontaine qui est à l'extrémité de la promenade. Il fallait qu'il eût bien soif, car des enfants qui le suivaient le virent encore s'arrêter et boire, deux cents pas plus loin, à la fontaine de la place du marché.

Arrivé au coin de la rue Poichevert, il tourna à gauche et se dirigea vers la mairie. Il y entra ; puis sortit un quart d'heure après. Un gendarme était assis près de la porte sur un banc de pierre. L'homme ôta sa casquette et salua humblement le gendarme.

Le gendarme, sans répondre à son salut, le regarda avec attention, le suivit quelque temps des yeux, puis entra dans la maison de ville.

Il y avait alors à Digne une belle auberge à l'enseigne de *la Croix-de-Colbas.*

L'homme se dirigea vers cette auberge, qui était la meilleure du pays. Il entra dans la cuisine, laquelle s'ouvrait de plain-pied sur la rue. Tous les fourneaux étaient allumés; un grand feu flambait gaîment dans la cheminée. L'hôte, qui était en même temps le chef, allait de l'âtre aux casseroles, fort occupé et surveillant un excellent dîner destiné à des rouliers qu'on entendait rire et parler à grand bruit dans une salle voisine. Une marmotte grasse, flanquée de perdrix blanches et de coqs de bruyère, tournait sur une longue broche devant le feu; sur les fourneaux cuisaient deux grosses carpes.

L'hôte, entendant la porte s'ouvrir et entrer un nouveau venu, dit sans lever les yeux de ses fourneaux :

— Que veut monsieur?

— Manger et coucher, dit l'homme.

— Rien de plus facile, reprit l'hôte. En ce moment il tourna la tête, embrassa d'un coup d'œil tout l'ensemble du voyageur et ajouta : En payant.

L'homme tira une grosse bourse de cuir de la poche de sa blouse et répondit :

— J'ai de l'argent.

— En ce cas on est à vous, dit l'hôte.

L'homme remit sa bourse en sa poche, se déchargea de son sac, le posa à terre près de la porte, garda son bâton à la main, et alla s'asseoir sur une escabelle basse près du feu.

Cependant, tout en allant et venant, l'hôte considérait le voyageur.

— Dîne-t-on bientôt? dit l'homme.

— Tout à l'heure, dit l'hôte.

Pendant que le nouveau venu se chauffait, le dos tourné, l'aubergiste tira un crayon de sa poche, puis il déchira le coin d'un vieux journal qui traînait sur une petite table près de la fenêtre. Sur la marge blanche, il écrivit une ligne ou deux, plia sans cacheter et remit ce chiffon de papier à un enfant qui paraissait lui servir tout à la fois de marmiton et de laquais. L'aubergiste dit un mot à l'oreille du marmiton, et l'enfant partit en courant dans la direction de la mairie. Le voyageur n'avait rien vu de tout cela.

L'enfant revint. Il rapportait le papier. L'hôte le déplia avec empressement, comme quelqu'un qui attend une réponse. Il parut lire attentivement, puis hocha la tête, et resta un moment pensif. Enfin, il fit un pas vers le voyageur qui semblait plongé dans des réflexions peu sereines.

— Monsieur, dit-il, je ne puis vous recevoir.

L'homme se dressa à demi sur son séant.

— Comment! Avez-vous peur que je ne paye pas? Voulez-vous que je paye d'avance? J'ai de l'argent, vous dis-je.

— Ce n'est pas cela.

— Quoi donc?

— Vous avez de l'argent...

— Oui, dit l'homme.

— Et moi, dit l'hôte, je n'ai pas de chambre.

L'homme reprit tranquillement : — Mettez-moi à l'écurie.

— Je ne puis.

— Pourquoi?

— Les chevaux prennent toute la place.

— Eh bien, repartit l'homme, un coin dans le grenier. Une botte de paille. Nous verrons cela après dîner.

— Je ne puis vous donner à dîner.

Cette déclaration, faite d'un ton mesuré, mais ferme, parut grave à l'étranger. Il se leva.

— Ah bah! mais je meurs de faim, moi. J'ai marché dès le soleil levé. J'ai fait douze lieues. Je paye. Je veux manger.

— Je n'ai rien, dit l'hôte.

L'homme éclata de rire et se tourna vers la cheminée et les fourneaux.

— Rien! et tout cela?

— Tout cela m'est retenu et payé d'avance par ces messieurs les rouliers.

L'homme se rassit et dit sans hausser la voix :

— Je suis à l'auberge, j'ai faim, et je reste.

L'hôte alors se pencha à son oreille, et lui dit d'un accent qui le fit tressaillir : — Allez-vous-en.

Le voyageur était courbé en cet instant et poussait quelques braises dans le feu avec le bout ferré de son bâton, il se retourna vivement, et, comme il ouvrait la bouche pour répliquer, l'hôte le regarda fixement et ajouta toujours à voix basse : — Tenez, assez de paroles comme cela. Voulez-vous que je vous dise votre nom? Vous vous appelez Jean Valjean. Maintenant voulez-vous que je vous dise qui vous êtes? En vous voyant entrer, je me suis douté de quelque chose, j'ai envoyé à la mairie, et voici ce qu'on m'a répondu. Savez-vous lire?

En parlant ainsi il tendait à l'étranger, tout déplié, le papier qui venait de voyager de l'auberge à la mairie et de la mairie à l'auberge. L'homme y jeta un regard. L'aubergiste reprit après un silence :

— J'ai l'habitude d'être poli avec tout le monde. Allez-vous-en.

L'homme baissa la tête, ramassa le sac qu'il avait déposé à terre, et s'en alla. Il prit la grande rue. Il marchait devant lui au hasard, rasant de près les maisons, comme un homme humilié et triste. Il ne se retourna pas une seule fois.

Il chemina ainsi quelque temps, marchant toujours par des rues qu'il ne connaissait pas, oubliant la fatigue, comme cela arrive dans la tristesse. Tout à coup il sentit vivement la faim. La nuit approchait. Il regarda autour de lui pour voir s'il ne découvrirait pas quelque cabaret bien humble, quelque bouge bien pauvre. Précisément une lumière s'allumait au bout de la rue; une branche de pin, pendue à une potence de fer, se dessinait sur le ciel blanc du crépuscule. Il y alla. C'était le cabaret qui est dans la rue de Chaffaut.

Le voyageur s'arrêta un moment, et regarda par la vitre l'intérieur de la salle basse du cabaret, éclairée par une petite lampe sur une table et par un grand feu dans la cheminée. Quelques hommes y buvaient. L'hôte se chauffait. La flamme faisait bruire une marmite de fer accrochée à une crémaillère.

On entre dans ce cabaret, qui est aussi une espèce d'auberge, par deux portes. L'une donne sur la rue, l'autre sur une petite cour pleine de fumier.

Le voyageur n'osa pas entrer par la porte de la rue. Il se glissa dans la cour, s'arrêta encore, puis leva timidement le loquet et poussa la porte.

— Qui va là? dit le maître.

— Quelqu'un qui voudrait souper et coucher.

— C'est bon. Ici on soupe et on couche.

Il entra. Tous les gens qui buvaient se retournèrent. On l'examina quelque temps pendant qu'il défaisait son sac.

L'hôte lui dit : — Voilà du feu. Le souper cuit dans la marmite. Venez vous chauffer, camarade.

Il alla s'asseoir près de l'âtre. Il allongea devant le feu ses pieds meurtris par la fatigue; une bonne odeur sortait de la marmite.

Cependant un des hommes attablés était un poissonnier qui, avant d'entrer au cabaret, était allé mettre son cheval à l'écurie de *la Croix-de-Colbas.* Le hasard faisait que le matin même il avait rencontré cet étranger de mauvaise mine. Or, en le rencontrant, l'homme, qui paraissait déjà très fatigué, lui avait demandé de le prendre en croupe; à quoi le poissonnier n'avait répondu qu'en doublant le pas. Ce poissonnier avait raconté sa désagréable rencontre du matin aux gens de *la Croix-de-Colbas.* Il fit de sa place au cabaretier un signe imperceptible. Le cabaretier vint à lui. Ils échangèrent quelques paroles à voix basse. L'homme était retombé dans ses réflexions.

Le cabaretier revint à la cheminée, posa brusquement sa main sur l'épaule de l'homme, et lui dit :

— Tu vas t'en aller d'ici.

L'étranger se retourna et répondit avec douceur :

— Ah! vous savez?...

— Oui.

— On m'a renvoyé de l'autre auberge. Où voulez-vous que j'aille?

— Ailleurs.

L'homme prit son bâton et son sac, et s'en alla.

Il passa devant la prison. A la porte pendait une chaîne de fer attachée à une cloche. Il sonna.

Un guichet s'ouvrit.

— Monsieur le guichetier, dit-il en ôtant respectueusement sa casquette, voudriez-vous bien m'ouvrir et me loger pour cette nuit?

Une voix répondit :

— Une prison n'est pas une auberge. Faites-vous arrêter. On vous ouvrira.

Le guichet se referma.

Il entra dans une petite rue où il y a beaucoup de jardins. Parmi ces jardins, il vit une petite maison d'un seul étage dont la fenêtre était éclairée. Il regarda par cette vitre. C'était une grande chambre blanchie à la chaux, avec un lit drapé d'indienne imprimée et un berceau dans un coin, quelques chaises de bois et un fusil à deux coups accroché au mur. Une table était servie au milieu de la chambre. Une lampe de cuivre éclairait la nappe de grosse toile blanche, le broc d'étain luisant comme l'argent et plein de vin et la soupière brune qui fumait. A cette table était assis un homme d'une quarantaine d'années, à la figure joyeuse et ouverte, qui faisait sauter un petit enfant sur ses genoux. Près de lui, une femme, toute jeune, allaitait un autre enfant. Le père riait, l'enfant riait, la mère souriait.

L'étranger frappa au carreau un petit coup.

Le mari se leva, prit la lampe, et alla à la porte qu'il ouvrit.

C'était un homme de haute taille, demi-paysan, demi-artisan. Il portait un vaste tablier de cuir qui montait jusqu'à son épaule gauche.

— Monsieur, dit le voyageur, pardon. En payant, pourriez-vous me donner une assiettée de soupe et un coin pour dormir dans ce hangar qui est là-bas dans le jardin? Dites, pourriez-vous? En payant?

— Je ne refuserais pas, dit le paysan, de loger quelqu'un de bien qui paierait. Mais pourquoi n'allez-vous pas à l'auberge?

— Il n'y a pas de place.

— Bah! pas possible. Ce n'est pas jour de foire ni de marché. Êtes-vous allé à *la Croix-de-Colbas*?

— Oui.

— Eh bien?

Le voyageur répondit avec embarras :

— Je ne sais pas, il ne m'a pas reçu.

— Êtes-vous allé au cabaret de la rue Chaffaut?

L'embarras de l'étranger croissait. Il balbutia :

— Il ne m'a pas reçu non plus.

Le visage du paysan prit une expression de défiance, il regarda le nouveau venu de la tête aux pieds, et tout à coup il s'écria avec une sorte de frémissement :

— Est-ce que vous seriez l'homme?...

Il jeta un nouveau coup d'œil sur l'étranger, fit trois pas en arrière, posa la lampe sur la table, décrocha son fusil du mur et dit :

— Va-t'en.

— Par grâce, reprit l'homme, un verre d'eau.

— Un coup de fusil! dit le paysan.

Puis il referma la porte violemment, et l'homme l'entendit tirer deux gros verrous.

La nuit continuait de tomber. Le vent froid des Alpes soufflait. A la lueur du jour expirant, l'étranger aperçut dans un des jardins qui bordent la rue une sorte de hutte. Il s'en approcha; elle avait pour porte une étroite ouverture très basse et elle ressemblait à ces constructions que les cantonniers se bâtissent au bord des routes. Il souffrait du froid et de la faim. Il se coucha à plat ventre et se glissa dans la hutte. Il y faisait chaud, et il y trouva un assez bon lit de paille. Il resta un moment étendu sur ce lit, sans pouvoir faire un mouvement tant il était fatigué. Puis, comme son sac sur son dos le gênait et que c'était d'ailleurs un oreiller tout trouvé, il se mit à déboucler une des courroies. En ce moment, un grondement farouche se fit entendre. Il leva les yeux. La tête d'un dogue énorme se dessinait dans l'ombre à l'ouverture de la hutte.

C'était la niche d'un chien vigoureux et redoutable ; il s'arma de son bâton, il se fit de son sac un bouclier, et sortit de la niche comme il put, non sans élargir les déchirures de ses haillons.

Il sortit également du jardin, mais à reculons, obligé de tenir le dogue en respect avec son bâton.

Quand il se retrouva dans la rue, seul, sans gîte, sans toit, sans abri, chassé même de ce lit de paille et de cette niche misérable, il se laissa tomber plutôt qu'il ne s'assit sur cette pierre.

Bientôt il se releva et se remit à marcher. Il sortit de la ville, espérant trouver quelque arbre ou quelque meule dans les champs, et s'y abriter.

Il chemina ainsi quelque temps, la tête toujours baissée. Quand il se sentit loin de toute habitation humaine, il leva les yeux et chercha autour de lui. Il était dans un champ, il avait devant lui une de ces collines basses couvertes de chaume coupé ras. L'horizon était tout noir ; ce n'était pas seulement le sombre de la nuit ; c'étaient des nuages très bas qui montaient, emplissant tout le ciel.

L'homme revint sur ses pas. Les portes de Digne étaient fermées. Digne était entourée en 1815 de vieilles murailles flanquées de tours carrées. Il passa par une brèche et rentra dans la ville.

Il pouvait être huit heures du soir. Comme il ne

connaissait pas les rues, il recommença sa promenade à l'aventure.

Il parvint ainsi à la préfecture, puis au séminaire. En passant sur la place de la cathédrale, il montra le poing à l'église.

Il y a au coin de cette place une imprimerie. Épuisé de fatigue et n'espérant plus rien, il se coucha sur le banc de pierre qui est à la porte de cette imprimerie.

Une vieille femme sortait de l'église en ce moment. Elle vit cet homme étendu dans l'ombre. — Que faites-vous là, mon ami? dit-elle.

Il répondit durement et avec colère : — Vous le voyez, bonne femme, je me couche.

— Il est impossible que vous passiez ainsi la nuit. Vous avez sans doute froid et faim. On aurait pu vous loger par charité.

— J'ai frappé à toutes les portes. Partout on m'a chassé.

La « bonne femme » toucha le bras de l'homme et lui montra de l'autre côté de la place une petite maison basse à côté de l'évêché.

— Avez-vous frappé à celle-là?

— Non.

— Frappez-y.

3

Héroïsme de l'obéissance passive

Ce soir-là, M. l'évêque de Digne travaillait encore à huit heures, écrivant incommodément sur de petits carrés de papier avec un gros livre ouvert sur ses genoux, quand Mme Magloire entra, selon son habitude, pour prendre l'argenterie dans le placard près du lit. Un moment après, l'évêque, sentant que le couvert était mis et que sa sœur l'attendait peut-être, ferma son livre, se leva de sa table, et entra dans la salle à manger.

La salle à manger était une pièce oblongue à cheminée, avec porte sur la rue (nous l'avons dit), et fenêtre sur le jardin.

Mme Magloire achevait en effet de mettre le couvert.

Tout en vaquant au service, elle causait avec Mlle Baptistine.

Une lampe était sur la table; la table était près de la cheminée. Un assez bon feu était allumé.

Au moment où M. l'évêque entra, Mme Magloire parlait avec quelque vivacité. Elle entretenait *mademoiselle* d'un sujet qui lui était familier et auquel l'évêque était accoutumé. Il s'agissait du loquet de la porte d'entrée.

Il paraît que, tout en allant faire quelques provisions pour le souper, Mme Magloire avait entendu dire des choses en divers lieux. On parlait d'un rôdeur de mauvaise mine; qu'un vagabond suspect serait arrivé, qu'il devait être quelque part dans la ville, et qu'il se pourrait qu'il y eût de méchantes rencontres pour ceux qui s'aviseraient de rentrer tard chez eux cette nuit-là. Que la police était bien mal faite du reste, attendu que M. le préfet et M. le maire ne s'aimaient pas, et cherchaient à se nuire en faisant arriver des événements. Que c'était donc aux gens sages à faire la police eux-mêmes et à se bien garder, et qu'il faudrait avoir soin de dûment clore, verrouiller et barricader sa maison, *et de bien fermer ses portes.*

— Vraiment! dit l'évêque.

— Oui, monseigneur. C'est comme cela. Il y aura quelque malheur cette nuit dans la ville. Tout le monde le dit. Vivre dans un pays de montagnes, et n'avoir pas même de lanternes la nuit dans les rues! On sort. Des fours, quoi. Et je dis, monseigneur...

En ce moment, on frappa à la porte un coup assez violent.

— Entrez, dit l'évêque.

La porte s'ouvrit.

Elle s'ouvrit vivement, toute grande, comme si quelqu'un la poussait avec énergie et résolution.

Un homme entra.

Cet homme, nous le connaissons déjà. C'est le voyageur que nous avons vu tout à l'heure errer cherchant un gîte.

Il entra, fit un pas et s'arrêta, laissant la porte ouverte derrière lui. Il avait son sac sur l'épaule, son bâton à la main, une expression rude, hardie, fatiguée et violente dans les yeux. Le feu de la cheminée l'éclairait. Il était hideux. C'était une sinistre apparition.

Mme Magloire n'eut pas même la force de jeter un cri. Elle tressaillit, et resta béante.

Mlle Baptistine se retourna, aperçut l'homme qui entrait et se dressa à demi d'effarement, puis, ramenant peu à peu sa tête vers la cheminée, elle se mit à regarder son frère, et son visage redevint profondément calme et serein.

L'évêque fixait sur l'homme un œil tranquille.

Comme il ouvrait la bouche, sans doute pour demander au nouveau venu ce qu'il désirait, l'homme appuya ses deux mains à la fois sur son bâton, promena ses yeux tour à tour sur le vieillard et les femmes, et, sans attendre que l'évêque parlât, dit d'une voix haute :

— Voici. Je m'appelle Jean Valjean. Je suis galérien. J'ai passé dix-neuf ans au bagne. Je suis libéré depuis quatre jours et en route pour Pontarlier qui est ma destination. Quatre jours que je marche depuis Toulon. Aujourd'hui, j'ai fait douze lieues à pieds. Ce soir, en arrivant dans ce pays, j'ai été dans une auberge, on m'a renvoyé à cause de mon passeport jaune que j'avais montré à la mairie. Il avait fallu. J'ai été à une auberge. On m'a dit : Va-t'en! Chez l'un, chez l'autre. Personne n'a voulu de moi. J'ai été à la prison, le guichetier ne m'a pas ouvert. J'ai été dans la niche d'un chien. Ce chien m'a mordu et m'a chassé, comme s'il avait été un homme. On aurait dit qu'il savait qui j'étais. Je m'en suis allé dans les champs pour coucher à la belle étoile. Il n'y avait pas d'étoile. J'ai pensé qu'il pleuvrait, et qu'il n'y avait pas de bon Dieu pour empêcher de pleuvoir, et je suis rentré dans la ville pour y trouver le renfoncement d'une porte. Là, dans la place, j'allais me coucher sur une pierre, une bonne femme m'a montré votre maison et m'a dit : Frappe là. J'ai frappé. Qu'est-ce que c'est ici? Êtes-vous une auberge? J'ai de l'argent. Ma masse. Cent neuf francs quinze sous que j'ai gagnés au bagne par mon travail en dix-neuf ans. Je payerai. Qu'est-ce que cela me fait? j'ai de l'argent. Je suis très fatigué, douze lieues à pied, j'ai bien faim. Voulez-vous que je reste?

— Madame Magloire, dit l'évêque, vous mettrez un couvert de plus.

L'homme fit trois pas et s'approcha de la lampe qui était sur la table. — Tenez, reprit-il, comme s'il n'avait pas bien compris, ce n'est pas ça. Avez-vous entendu? Je suis un galérien. Un forçat. Je viens des galères. — Il tira de sa poche une grande feuille de papier jaune qu'il déplia. — Voilà mon passe-port. Jaune, comme vous voyez. Cela sert à me faire chasser de partout, où je vais. Voulez-vous lire? Je sais lire, moi. J'ai appris au bagne. Il y a une école pour ceux qui veulent. Tenez, voilà ce qu'on a mis sur le passe-port : « Jean Valjean, forçat libéré, natif de... — cela vous est égal... — Est resté dix-neuf ans au bagne. Cinq ans pour vol avec effraction. Quatorze ans pour avoir tenté de s'évader quatre fois. Cet homme est très dangereux. » — Voilà! Tout le monde m'a jeté dehors. Voulez-vous me recevoir, vous? Est-ce une auberge? Voulez-vous me donner à manger et à coucher? Avez-vous une écurie?

— Madame Magloire, dit l'évêque, vous mettrez des draps blancs au lit de l'alcôve.

Mme Magloire sortit pour exécuter ces ordres.

L'évêque se tourna vers l'homme :

— Monsieur, asseyez-vous et chauffez-vous. Nous allons souper dans un instant, et l'on fera votre lit pendant que vous souperez.

Ici l'homme comprit tout à fait. L'expression de son visage, jusqu'alors sombre et dure, s'empreignit de stupéfaction, de doute, de joie, et devint extraordinaire. Il se mit à balbutier comme un homme fou :

— Vrai? quoi! vous me gardez? vous ne me chassez pas? un forçat! Vous m'appelez *monsieur*! vous ne me tutoyez pas? Je vais souper! Un lit avec des matelas et des draps! comme tout le monde! Un lit! il y a dix-neuf ans que je n'ai pas couché dans un lit! Vous voulez bien que je ne m'en aille pas! Vous êtes de dignes gens! D'ailleurs j'ai de l'argent. Je payerai tout ce qu'on voudra. Vous êtes un brave homme. Vous êtes aubergiste, n'est-ce pas?

— Je suis, dit l'évêque, un prêtre qui demeure ici.

— Un prêtre! reprit l'homme. Oh! un brave homme de prêtre! Alors vous ne me demandez pas d'argent? Le curé, n'est-ce pas? le curé de cette grande église? Tiens! c'est vrai, que je suis bête! je n'avais pas vu votre calotte.

Tout en parlant il avait déposé son sac et son bâton dans un coin, avait remis son passe-port dans sa poche, et s'était assis. Mlle Baptistine le considérait avec douceur. Il continua :

— Vous êtes humain, monsieur le curé, vous n'avez pas de mépris. C'est bien bon un bon prêtre. Alors vous n'avez pas besoin que je paye?

— Non, dit l'évêque, gardez votre argent. Et il alla pousser la porte qui était restée toute grande ouverte.

Mme Magloire rentra. Elle apportait un couvert qu'elle mit sur la table.

— Madame Magloire, dit l'évêque, mettez ce couvert le plus près possible du feu. — Et se tournant vers son hôte : — Le vent de nuit est dur dans les Alpes. Vous devez avoir froid, monsieur?

Chaque fois qu'il disait ce mot *monsieur*, avec sa voix doucement grave et de si bonne compagnie, le visage de l'homme s'illuminait.

— Voici, reprit l'évêque, une lampe qui éclaire bien mal.

Mme Magloire comprit, et elle alla chercher sur la cheminée de la chambre à coucher de monseigneur les deux chandeliers d'argent qu'elle posa sur la table tout allumés.

— Monsieur le curé, dit l'homme, vous êtes bon. Vous ne me méprisez pas. Vous me recevez chez vous. Vous allumez vos cierges pour moi. Je ne vous ai pourtant pas caché d'où je viens et que je suis un homme malheureux.

L'évêque, assis près de lui, lui toucha doucement la main. — Vous pouviez ne pas me dire qui vous étiez. Ce n'est pas ici ma maison, c'est la maison de Jésus-Christ. Cette porte ne demande pas à celui qui entre s'il a un nom, mais s'il a une douleur. Vous souffrez; vous avez faim et soif; soyez le bienvenu. Et ne me remerciez pas; ne me dites pas que je vous reçois chez moi. Personne n'est ici chez soi, excepté celui qui a besoin d'un asile. Je vous le dis à vous qui passez, vous êtes ici chez vous plus que moi-même. Tout ce qui est ici est à vous. Qu'ai-je besoin de savoir votre nom? D'ailleurs, avant que vous me le disiez, vous en avez un que je savais.

L'homme ouvrit des yeux étonnés :

— Vrai? Vous saviez comment je m'appelle?

— Oui, répondit l'évêque, vous vous appelez mon frère.

— Tenez, monsieur le curé! s'écria l'homme, j'avais bien faim en entrant ici; mais vous êtes si bon qu'à présent je ne sais plus ce que j'ai, cela m'a passé.

L'évêque le regarda et lui dit :

— Vous avez bien souffert?

— Oh! la casaque rouge, le boulet au pied, une planche pour dormir, le chaud, le froid, le travail, la chiourme, les coups de bâton! La double chaîne pour rien. Le cachot pour un mot. Même malade au lit, la chaîne. Les chiens, les chiens sont plus heureux! Dix-neuf ans! J'en ai quarante-six. A présent le passe-port jaune. Voilà.

Cependant Mme Magloire avait servi le souper. Une soupe faite avec de l'eau, de l'huile, du pain et du sel, un peu de lard, un morceau de viande de mouton, des figues, un fromage frais, et un gros pain de seigle. Elle avait d'elle-même ajouté à l'ordinaire de M. l'évêque une bouteille de vieux vin de Mauves.

Le visage de l'évêque prit tout à coup cette expression de gaîté propre aux natures hospitalières : — A table! dit-il vivement. — Comme il en avait coutume lorsque quelque étranger soupait avec lui, il fit asseoir l'homme à sa droite. Mlle Baptistine, parfaitement paisible et naturelle, prit place à sa gauche.

L'évêque dit le bénédicité, puis servit lui-même la soupe, selon son habitude. L'homme se mit à manger avidement.

Tout à coup l'évêque dit :

— Mais il me semble qu'il manque quelque chose sur cette table.

Mme Magloire en effet n'avait mis que les trois couverts absolument nécessaires. Or, c'était l'usage de la maison, quand M. l'évêque avait quelqu'un à souper, de disposer sur la nappe les six couverts d'argent, étalage innocent. Ce gracieux semblant de luxe était une sorte d'enfantillage plein de charme, dans cette maison douce et sévère qui élevait la pauvreté jusqu'à la dignité.

Mme Magloire comprit l'observation, sortit sans dire un mot, et un moment après les trois couverts réclamés par l'évêque brillaient sur la nappe, symétriquement arrangés devant chacun des trois convives.

Après avoir donné le bonsoir à sa sœur, monseigneur Bienvenu prit sur la table un des deux flambeaux d'argent, remit l'autre à son hôte, et lui dit :

— Monsieur, je vais vous conduire à votre chambre.

L'homme le suivit.

Comme on a pu le remarquer dans ce qui a été dit plus haut, le logis était distribué de telle sorte que, pour passer dans l'oratoire où était l'alcôve ou pour en sortir, il fallait traverser la chambre à coucher de l'évêque.

Au moment où ils traversaient cette chambre, Mme Magloire serrait l'argenterie dans le placard qui était au chevet du lit. C'était le dernier soin qu'elle prenait chaque soir avant de s'aller coucher.

L'évêque installa son hôte dans l'alcôve. Un lit blanc et frais y était dressé. L'homme posa le flambeau sur une petite table.

— Allons, dit l'évêque, faites une bonne nuit.

— Merci, monsieur l'abbé, dit l'homme.

A peine eut-il prononcé ces paroles pleines de paix que, tout à coup et sans transition, il eut un mouvement étrange et qui eût glacé d'épouvante les deux saintes filles, si elles en eussent été témoins. Il se tourna brusquement vers le vieillard, croisa les bras, et, fixant sur son hôte un regard sauvage, il s'écria d'une voix rauque :

— Ah çà ! décidément ! vous me logez chez vous, près de vous comme cela ! Avez-vous bien fait toutes vos réflexions ? Qui est-ce qui vous dit que je n'ai pas assassiné ?

L'évêque répondit :

— Cela regarde Dieu.

Puis, gravement et remuant les lèvres comme quelqu'un qui prie ou qui se parle à lui-même, il dressa les deux doigts de sa main droite et bénit l'homme qui ne se courba pas, et, sans tourner la tête et sans regarder derrière lui, il rentra dans sa chambre.

Quand l'alcôve était habitée, un grand rideau de serge tiré de part en part de l'oratoire cachait l'autel. L'évêque s'agenouilla en passant devant ce rideau et fit une courte prière.

Un moment après, il était dans son jardin, marchant, rêvant, contemplant, l'âme et la pensée tout entières à ces grandes choses mystérieuses que Dieu montre la nuit aux yeux qui restent ouverts.

Quant à l'homme, il était vraiment si fatigué qu'il n'avait même pas profité de ces bons draps blancs. Il avait soufflé sa bougie avec sa narine à la manière des forçats et s'était laissé tomber tout habillé sur le lit, où il s'était tout de suite profondément endormi.

Minuit sonnait comme l'évêque rentrait de son jardin dans son appartement.

Quelques minutes après, tout dormait dans la petite maison.

4

Jean Valjean

Vers le milieu de la nuit, Jean Valjean se réveilla.

Jean Valjean était d'une pauvre famille de paysans de la Brie. Dans son enfance, il n'avait pas appris à lire. Quand il eut l'âge d'homme, il était émondeur à Faverolles. Sa mère s'appelait Jeanne Mathieu ; son père s'appelait Jean Valjean ou Vlajean, sobriquet probablement, et contraction de *Voilà Jean*.

Jean Valjean était d'un caractère pensif sans être triste, ce qui est le propre des natures affectueuses. Il avait perdu en très bas âge son père et sa mère. Il n'était resté à Jean Valjean qu'une sœur plus âgée que lui, veuve, avec sept enfants, filles et garçons. Cette sœur avait élevé Jean Valjean, et tant qu'elle eut son mari, elle logea et nourrit son jeune frère. Le mari mourut. L'aîné des sept enfants avait huit ans, le dernier un an. Jean Valjean venait d'atteindre, lui, sa vingt-cinquième année. Il remplaça le père, et soutint à son tour sa sœur qui l'avait élevé. Cela se fit simplement, comme un devoir, même avec quelque chose de bourru de la part de Jean Valjean. Sa jeunesse se dépensait ainsi dans un travail rude et mal payé. Il n'avait pas eu le temps d'être amoureux.

Le soir il rentrait fatigué et mangeait sa soupe sans dire un mot. Sa sœur, mère Jeanne, pendant qu'il mangeait, lui prenait souvent dans son écuelle le meilleur de son repas, le morceau de viande, la tranche de lard, le cœur de chou, pour le donner à quelqu'un de ses enfants ; lui, mangeant toujours, penché sur la table, presque la tête dans sa soupe, ses longs cheveux tombant autour de son écuelle et cachant ses yeux, avait l'air de ne rien voir et laissait faire. Il y avait à Faverolles, pas loin de la chaumière Valjean, de l'autre côté de la ruelle, une fermière appelée Marie-Claude ; les enfants Valjean, habituellement affamés, allaient quelquefois emprunter au nom de leur mère une pinte de lait à Marie-Claude, qu'ils buvaient derrière une haie ou dans quelque coin d'allée, s'arrachant le pot, et si hâtivement que les petites filles s'en répandaient sur leur tablier et dans leur goulotte. La mère, si elle eût su cette maraude, eût sévèrement corrigé les délinquants. Jean Valjean, bougon, payait en arrière de la mère la pinte de lait à Marie-Claude, et les enfants n'étaient pas punis.

Il gagnait dans la saison de l'émondage dix-huit

sous par jour, puis il se louait comme moissonneur, comme manœuvre, comme garçon de ferme bouvier, comme homme de peine. Il faisait ce qu'il pouvait. Sa sœur travaillait de son côté, mais que faire avec sept petits enfants? C'était un triste groupe que la misère enveloppa et étreignit peu à peu. Il arriva qu'un hiver fut rude. Jean n'eut pas d'ouvrage. La famille n'eut pas de pain. Pas de pain. A la lettre. Sept enfants.

Un dimanche soir, Maubert Isabeau, boulanger sur la place de l'église, à Faverolles, se disposait à se coucher, lorsqu'il entendit un coup violent dans la devanture grillée et vitrée de sa boutique. Il arriva à temps pour voir un bras passé à travers un trou fait d'un coup de poing dans la grille et dans la vitre. Le bras saisit un pain et l'emporta. Isabeau sortit en hâte; le voleur s'enfuyait à toutes jambes; Isabeau courut après lui et l'arrêta. Le voleur avait jeté le pain, mais il avait encore le bras ensanglanté. C'était Jean Valjean.

Ceci se passait en 1795. Jean Valjean fut traduit devant les tribunaux du temps « pour vol avec effraction la nuit dans une maison habitée ». Il avait un fusil dont il se servait mieux que tireur au monde, il était quelque peu braconnier; ce qui lui nuisit.

Jean Valjean fut déclaré coupable et fut condamné à cinq ans de galères.

Le 22 avril 1796, il partit pour Toulon. Il y arriva après un voyage de vingt-sept jours, sur une charrette, la chaîne au cou. A Toulon, il fut revêtu de la casaque rouge. Tout s'effaça de ce qui avait été sa vie, jusqu'à son nom ; il ne fut même plus Jean Valjean ; il fut le numéro 24 601. Que devint la sœur ? Que devinrent les sept enfants ? Qui est-ce qui s'occupe de cela ?

Vers la fin de la quatrième année, le tour d'évasion de Jean Valjean arriva. Ses camarades l'aidèrent comme cela se fait dans ce triste lieu. Il s'évada. Il erra deux jours en liberté dans les champs ; si c'est être libre que d'être traqué ; de tourner la tête à chaque instant ; de tressaillir au moindre bruit ; d'avoir peur de tout, du toit qui fume, de l'homme qui passe, du chien qui aboie, du cheval qui galope, de l'heure qui sonne, du jour parce qu'on voit, de la nuit parce qu'on ne voit pas, de la route, du sentier, du buisson, du sommeil. Le soir du second jour, il fut repris. Il n'avait ni mangé ni dormi depuis trente-six heures. Le tribunal maritime le condamna pour ce délit à une prolongation de trois ans, ce qui lui fit huit ans. La sixième année, ce fut encore son tour de s'évader ; il en usa, mais il ne put consommer sa fuite. Il avait manqué à l'appel. On tira le coup de canon, et à la nuit les gens de ronde le trouvèrent caché sous la quille d'un vaisseau en construction ; il résista aux gardes-chiourme qui le saisirent. Évasion et rébellion. Ce fait prévu par le code spécial fut puni d'une aggravation de cinq ans, dont deux ans de double chaîne. Treize ans. La dixième année, son tour revint, il en profita encore. Il ne réussit pas mieux. Trois ans pour cette nouvelle tentative. Seize ans. Enfin, ce fut, je crois, pendant la treizième année qu'il essaya une dernière fois et ne réussit qu'à se faire reprendre après quatre heures d'absence. Trois ans pour ces quatre heures. Dix-neuf ans. En octobre 1815 il fut libéré, il était entré là en 1796 pour avoir cassé un carreau et pris un pain.

Jean Valjean était entré au bagne sanglotant et frémissant ; il en sortit impassible. Il y était entré désespéré ; il en sortit sombre.

Que s'était-il passé dans cette âme ?

Jean Valjean était d'une force physique dont n'approchait pas un des habitants du bagne. A la fatigue, pour filer un câble, pour virer un cabestan, Jean Valjean valait quatre hommes. Il soulevait et soutenait parfois d'énormes poids sur son dos, et remplaçait dans l'occasion cet instrument qu'on appelle cric.

Sa souplesse dépassait encore sa vigueur. Gravir une verticale, et trouver des points d'appui là où l'on voit à peine une saillie, était un jeu pour Jean Valjean. Étant donné un angle de mur, avec la tension de son dos et de ses jarrets, avec ses coudes et ses talons emboîtés dans les aspérités de la pierre, il se hissait comme magiquement à un troisième étage. Quelquefois il montait ainsi jusqu'au toit du bagne.

Il parlait peu. Il ne riait pas. Il fallait quelque émotion extrême pour lui arracher une ou deux fois l'an ce lugubre rire du forçat qui est comme un écho du rire du démon.

Par moments, au milieu de son travail du bagne, il

s'arrêtait. Il se mettait à penser. Sa raison, à la fois plus mûre et plus troublée qu'autrefois, se révoltait. Tout ce qui lui était arrivé lui paraissait absurde ; tout ce qui l'entourait lui paraissait impossible. Il se disait : c'est un rêve. Il regardait l'argousin debout à quelques pas de lui ; l'argousin lui semblait un fantôme ; tout à coup le fantôme lui donnait un coup de bâton.

La nature visible existait à peine pour lui. Il serait presque vrai de dire qu'il n'y avait point pour Jean Valjean de soleil, ni de beaux jours d'été, ni de ciel rayonnant, ni de fraîches aubes d'avril. Je ne sais quel jour de soupirail éclairait habituellement son âme.

D'année en année, cette âme s'était desséchée de plus en plus, lentement, mais fatalement. A cœur sec, œil sec. A sa sortie du bagne, il y avait dix-neuf ans qu'il n'avait versé une larme.

5

Le voleur et l'évêque

Donc comme deux heures du matin sonnaient à l'horloge de la cathédrale, Jean Valjean se réveilla.

Ce qui le réveilla, c'est que le lit était trop bon. Il y avait vingt ans bientôt qu'il n'avait couché dans un lit, et quoiqu'il ne se fût pas déshabillé, la sensation était trop nouvelle pour ne pas troubler son sommeil.

Il avait dormi plus de quatre heures. Sa fatigue était passée.

Il ouvrit les yeux, et regarda un moment dans l'obscurité autour de lui, puis il les referma pour se rendormir.

Quand beaucoup de sensations diverses ont agité la journée, on s'endort, mais on ne se rendort pas.

C'est ce qui arriva à Jean Valjean. Il ne put se rendormir, et il se mit à penser.

Il était dans un de ces moments où les idées qu'on a dans l'esprit sont troubles. Ses souvenirs anciens et ses souvenirs immédiats y flottaient pêle-mêle et s'y croisaient confusément. Beaucoup de pensées lui venaient, mais il y en avait une qui se représentait continuellement et qui chassait toutes les autres : il avait remarqué les six couverts d'argent et la grande cuiller que Mme Magloire avait posés sur la table.

Ces six couverts d'argent l'obsédaient. — Ils étaient là. — A quelques pas. — A l'instant où il avait traversé la chambre d'à côté pour venir dans celle où il était, la vieille servante les mettait dans un petit placard à la tête du lit. — Il avait bien remarqué ce placard. — A droite, en entrant par la salle à manger. — Ils étaient massifs. — Et de vieille argenterie. — Avec la grande cuiller, on en tirerait au moins deux cents francs. — Le double de ce qu'il avait gagné en dix-neuf ans.

Son esprit oscilla toute une grande heure dans des fluctuations auxquelles se mêlait bien quelque lutte. Trois heures sonnèrent. Il rouvrit les yeux, se dressa brusquement sur son séant, étendit le bras et tâta son havre-sac qu'il avait jeté dans un coin de l'alcôve, puis il laissa pendre ses jambes et poser ses pieds à terre, et se trouva, presque sans savoir comment, assis sur son lit.

Tout à coup il se baissa, ôta ses souliers et les posa doucement sur la natte près du lit, puis il reprit sa posture de rêverie et redevint immobile. Il songeait sans savoir pourquoi, et avec cette obstination machinale de la rêverie, à un forçat nommé Brevet et dont le pantalon n'était retenu que par une seule bretelle de coton tricoté. Le dessin à damier de cette bretelle lui revenait sans cesse.

Il demeurait dans cette situation, et y fût peut-être resté indéfiniment jusqu'au lever du jour, si l'horloge n'eût sonné un coup, — le quart ou la demie. Il sembla que ce coup lui eût dit : allons!

Il se leva debout, hésita encore un moment, et écouta; tout se taisait dans la maison; alors il marcha droit et à petits pas vers la fenêtre qu'il entrevoyait. La nuit n'était pas très obscure; c'était une pleine lune sur laquelle couraient de larges nuées chassées par le vent. Cela faisait au-dehors des alternatives d'ombre et de clarté. Arrivé à la fenêtre, Jean Valjean l'examina. Elle était sans barreaux, donnait sur le jardin et n'était fermée, selon la mode du pays, que d'une petite clavette. Il l'ouvrit, mais comme un air froid et vif entra brusquement dans la chambre, il la referma tout de suite. Il regarda le jardin de ce regard attentif qui étudie plus qu'il ne regarde. Le jardin était enclos d'un mur blanc assez bas, facile à escalader. Au fond, au-delà, il distingua des têtes d'arbres également espacées, ce qui indiquait que ce mur séparait le jardin d'une avenue ou d'une ruelle plantée.

Ce coup d'œil jeté, il fit le mouvement d'un homme déterminé, marcha à son alcôve, prit son havre-sac, le fouilla, en tira quelque chose qu'il posa sur le lit, mit ses souliers dans une de ses poches, referma le tout, chargea le sac sur ses épaules, se couvrit de sa casquette dont il baissa la visière sur ses yeux, chercha son bâton en tâtonnant, et l'alla poser dans l'angle de la fenêtre, puis revint au lit et saisit résolument l'objet qu'il y avait déposé. C'était un chandelier de mineur. On employait alors quelquefois les forçats à extraire de la roche des hautes collines qui environnent Toulon, et il n'était pas rare qu'ils eussent à leur disposition des outils de mineur. Les chandeliers des mineurs sont en fer massif, terminés à leur extrémité inférieure par une pointe au moyen de laquelle on les enfonce dans le rocher.

Il prit le chandelier dans sa main droite, et retenant son haleine, assourdissant son pas, il se dirigea vers la porte de la chambre voisine, celle de l'évêque, comme on sait. Arrivé à cette porte, il la trouva entrebâillée. L'évêque ne l'avait point fermée.

Jean Valjean écouta. Aucun bruit.

Il poussa la porte.

Il la poussa du bout du doigt, légèrement, avec cette douceur furtive et inquiète d'un chat qui veut entrer.

La porte céda à la pression et fit un mouvement imperceptible et silencieux qui élargit un peu l'ouverture.

Il attendit un moment, puis poussa la porte une seconde fois, plus hardiment.

Elle continua de céder en silence. L'ouverture était

assez grande maintenant pour qu'il pût passer. Mais il y avait près de la porte une petite table qui faisait avec elle un angle gênant et qui barrait l'entrée.

Jean Valjean reconnut la difficulté. Il fallait à toute force que l'ouverture fût encore élargie.

Il prit son parti, et poussa une troisième fois la porte, plus énergiquement que les deux premières. Cette fois il y eut un gond mal huilé qui jeta tout à coup dans cette obscurité un cri rauque et prolongé.

Jean Valjean tressaillit. Le bruit de ce gond sonna dans son oreille avec quelque chose d'éclatant et de formidable comme le clairon du Jugement dernier.

Il s'arrêta, frissonnant, éperdu. Il entendit ses artères battre dans ses tempes comme deux marteaux de forge, et il lui semblait que son souffle sortait de sa poitrine avec le bruit du vent qui sort d'une caverne. Il lui paraissait impossible que l'horrible clameur de ce gond irrité n'eût pas ébranlé toute la maison comme une secousse de tremblement de terre ; le vieillard allait se lever, les deux vieilles femmes allaient crier, on viendrait à l'aide ; avant un quart d'heure, la ville serait en rumeur et la gendarmerie sur pied. Un moment il se crut perdu.

Quelques minutes s'écoulèrent. La porte s'était ouverte toute grande. Il se hasarda à regarder dans la chambre. Rien n'y avait bougé. Il prêta l'oreille. Rien ne remuait dans la maison. Le bruit du gond rouillé n'avait éveillé personne.

Ce premier danger était passé, mais il y avait

encore en lui un affreux tumulte. Il ne recula pas pourtant. Il fit un pas et entra dans la chambre.

Cette chambre était dans un calme parfait. Jean Valjean avança avec précaution en évitant de se heurter aux meubles. Il entendait au fond de la chambre la respiration égale et tranquille de l'évêque endormi.

Il s'arrêta tout à coup. Il était près du lit. Il y était arrivé plus tôt qu'il n'aurait cru.

Un rayon de lune, traversant la longue fenêtre, vint éclairer subitement le visage pâle de l'évêque. Il dormait paisiblement. Il était presque vêtu dans son lit, à cause des nuits froides des Basses-Alpes, d'un vêtement de laine brune qui lui couvrait les bras jusqu'aux poignets. Sa tête était renversée sur l'oreiller dans l'attitude abandonnée du repos; il laissait pendre hors du lit sa main ornée de l'anneau pastoral et d'où étaient tombées tant de bonnes œuvres et de saintes actions. Toute sa face s'illuminait d'une vague expression de confiance, d'espérance et de béatitude. C'était plus qu'un sourire et presque un rayonnement. Il y avait sur son front l'inexprimable réverbération d'une lumière qu'on ne voyait pas. L'âme des justes pendant le sommeil contemple un ciel mystérieux. Un reflet de ce ciel était sur l'évêque.

Jean Valjean, lui, était dans l'ombre, son chandelier de fer à la main, debout, immobile, effaré de ce vieillard lumineux. Jamais il n'avait rien vu de pareil. Cette confiance l'épouvantait.

Ce sommeil, dans cet isolement, et avec un voisin tel que lui, ait quelque chose de sublime qu'il sentait vaguement, mais impérieusement.

Nul n'eût pu dire ce qui se passait en lui, pas même lui. Ce qui était évident, c'est qu'il était ému et bouleversé. Mais de quelle nature était cette émotion?

Son œil ne se détachait pas du vieillard. La seule chose qui se dégageât clairement de son attitude et de sa physionomie, c'était une étrange indécision. On eût dit qu'il hésitait entre les deux abîmes, celui où l'on se perd et celui où l'on se sauve. Il semblait prêt à briser ce crâne ou à baiser cette main.

Au bout de quelques instants, son bras gauche se leva lentement vers son front, et il ôta sa casquette, puis son bras retomba avec la même lenteur, et Jean Valjean rentra dans sa contemplation, sa casquette dans la main gauche, sa massue dans la main droite, ses cheveux hérissés sur sa tête farouche.

L'évêque continuait de dormir dans une paix profonde sous ce regard effrayant.

Un reflet de lune faisait confusément visible au-dessus de la cheminée le crucifix qui semblait leur ouvrir les bras à tous les deux, avec une bénédiction pour l'un et un pardon pour l'autre.

Tout à coup Jean Valjean remit sa casquette sur son front, puis marcha rapidement, le long du lit, sans regarder l'évêque, droit au placard qu'il entrevoyait près du chevet; il leva le chandelier de fer comme pour forcer la serrure; la clef y était; il l'ouvrit ; la première chose qui lui apparut fut le panier d'argenterie ; il le prit, traversa la chambre à grands pas sans précaution et sans s'occuper du bruit, gagna la porte, rentra dans l'oratoire, ouvrit la fenêtre, saisit son bâton, enjamba l'appui du rez-de-chaussée, mit l'argenterie dans son sac, jeta le panier, franchit le jardin, sauta par-dessus le mur comme un tigre, et s'enfuit.

Le lendemain, au soleil levant, monseigneur Bienvenu se promenait dans son jardin. Mme Magloire accourut vers lui toute bouleversée.

— Monseigneur, monseigneur, cria-t-elle, votre grandeur sait-elle où est le panier d'argenterie ?

— Oui, dit l'évêque.

L'évêque venait de ramasser le panier dans une plate-bande. Il le présenta à Mme Magloire.

— Le voilà.

— Eh bien ? dit-elle. Rien dedans ? et l'argenterie ?

— Ah ! repartit l'évêque. C'est donc l'argenterie qui vous occupe ? Je ne sais où elle est.

— Grand bon Dieu ! elle est volée ! c'est l'homme d'hier soir qui l'a volée !

L'évêque resta un moment silencieux, puis leva son œil sérieux, et dit à Mme Magloire avec douceur :

— Et d'abord, cette argenterie était-elle à nous ?

Mme Magloire resta interdite. Il y eut encore un silence, puis l'évêque continua :

— Madame Magloire, je détenais à tort et depuis longtemps cette argenterie. Elle était aux pauvres.

Qu'était-ce que cet homme? Un pauvre évidemment.

— Hélas Jésus! repartit Mme Magloire. Ce n'est pas pour moi ni pour mademoiselle. Cela nous est bien égal. Mais c'est pour monseigneur. Dans quoi monseigneur va-t-il manger maintenant?

L'évêque la regarda d'un air étonné.

— Ah çà! est-ce qu'il n'y a pas de couverts d'étain?

Mme Magloire haussa les épaules.

— L'étain a une odeur.

— Alors, des couverts de fer.

Mme Magloire fit une grimace expressive.

— Le fer a un goût.

— Eh bien, dit l'évêque, des couverts de bois.

Quelques instants après, il déjeunait à cette même table où Jean Valjean s'était assis la veille. Tout en déjeunant, monseigneur Bienvenu faisait gaiement remarquer à sa sœur qui ne disait rien et à Mme Magloire qui grommelait sourdement, qu'il n'est nullement besoin d'une cuiller ni d'une fourchette, même en bois, pour tremper un morceau de pain dans une tasse de lait.

Comme le frère et la sœur allaient se lever de table, on frappa à la porte.

— Entrez, dit l'évêque.

La porte s'ouvrit. Un groupe étrange et violent apparut sur le seuil. Trois hommes en tenaient un quatrième au collet. Les trois hommes étaient des gendarmes; l'autre était Jean Valjean. Un brigadier de gendarmerie, qui semblait conduire le groupe, était près de la porte. Il entra et s'avança vers l'évêque en faisant le salut militaire.

— Monseigneur... dit-il.

A ce mot, Jean Valjean, qui était morne et semblait abattu, releva la tête d'un air stupéfait.

— Monseigneur! murmura-t-il. Ce n'est donc pas le curé...

— Silence, dit un gendarme. C'est monseigneur l'évêque.

Cependant monseigneur Bienvenu s'était approché aussi vivement que son grand âge le lui permettait.

— Ah! vous voilà! s'écria-t-il en regardant Jean Valjean. Je suis aise de vous voir. Eh bien, mais! je vous avais donné les chandeliers aussi, qui sont en argent comme le reste et dont vous pourrez bien avoir deux cents francs. Pourquoi ne les avez-vous pas emportés avec vos couverts?

Jean Valjean ouvrit les yeux et regarda le vénérable évêque avec une expression qu'aucune langue humaine ne pourrait rendre.

— Monseigneur, dit le brigadier de gendarmerie, ce que cet homme disait était donc vrai? Nous l'avons rencontré. Il allait comme quelqu'un qui s'en va. Nous l'avons arrêté pour voir. Il avait cette argenterie.

— Et il vous a dit, interrompit l'évêque en souriant, qu'elle lui avait été donnée par un vieux bonhomme de prêtre chez lequel il avait passé la nuit?

Je vois la chose. Et vous l'avez ramené ici? C'est une méprise.

— Comment cela, reprit le brigadier, nous pouvons le laisser aller?

— Sans doute, répondit l'évêque.

Les gendarmes lâchèrent Jean Valjean qui recula.

— Est-ce que c'est vrai qu'on me laisse? dit-il d'une voix presque inarticulée.

— Oui, on te laisse, tu n'entends donc pas? dit un gendarme.

— Mon ami, reprit l'évêque, avant de vous en aller, voici vos chandeliers. Prenez-les.

Il alla à la cheminée, prit les deux flambeaux d'argent et les apporta à Jean Valjean. Les deux femmes le regardaient faire sans un mot, sans un geste, sans un regard qui pût déranger l'évêque.

Jean Valjean tremblait de tous ses membres. Il prit les deux chandeliers machinalement et d'un air égaré.

— Maintenant, dit l'évêque, allez en paix. — A propos, quand vous reviendrez, mon ami, il est inutile de passer par le jardin. Vous pourrez toujours entrer et sortir par la porte de la rue. Elle n'est fermée qu'au loquet jour et nuit.

Puis se tournant vers la gendarmerie :

— Messieurs, vous pouvez vous retirer.

Les gendarmes s'éloignèrent.

Jean Valjean était comme un homme qui va s'évanouir.

L'évêque s'approcha de lui, et lui dit à voix basse :

— N'oubliez pas, n'oubliez jamais que vous m'avez promis d'employer cet argent à devenir honnête homme.

Jean Valjean, qui n'avait aucun souvenir d'avoir rien promis, resta interdit. L'évêque avait appuyé sur ces paroles en les prononçant. Il reprit avec solennité :

— Jean Valjean, mon frère, vous n'appartenez plus au mal, mais au bien. C'est votre âme que je vous achète ; et je la donne à Dieu.

6

Petit-Gervais

Jean Valjean sortit de la ville comme s'il s'échappait. Il se mit à marcher en toute hâte dans les champs, prenant les chemins et les sentiers qui se présentaient sans s'apercevoir qu'il revenait à chaque instant sur ses pas. Il erra ainsi toute la matinée, n'ayant pas mangé et n'ayant pas faim. Il était en proie à une foule de sensations nouvelles. Il se sentait une sorte de colère ; il ne savait contre qui. Il n'eût pu dire s'il était touché ou humilié. Il lui venait par moments un attendrissement étrange qu'il combattait et auquel il opposait l'endurcissement de ses vingt dernières années. Cet état le fatiguait. Il voyait avec inquiétude s'ébranler au-dedans de lui l'espèce de calme affreux que l'injustice de son malheur lui avait donné. Il se demandait qu'est-ce qui remplacerait cela.

Comme le soleil déclinait au couchant, Jean Valjean était assis derrière un buisson dans une grande plaine rousse absolument déserte. Un sentier qui coupait la plaine passait à quelques pas du buisson.

Il entendit un bruit joyeux. Il tourna la tête et vit venir par le sentier un petit Savoyard d'une dizaine d'années qui chantait, sa vielle au flanc et sa boîte à marmotte sur le dos.

Tout en chantant l'enfant interrompait de temps en temps sa marche et jouait aux osselets avec quelques pièces de monnaie qu'il avait dans sa main, toute sa fortune probablement. Parmi cette monnaie il y avait une pièce de quarante sous.

L'enfant s'arrêta à côté du buisson sans voir Jean Valjean et fit sauter sa poignée de sous que jusque-là il avait reçue avec assez d'adresse tout entière sur le dos de sa main.

Cette fois la pièce de quarante sous lui échappa, et vint rouler vers la broussaille jusqu'à Jean Valjean.

Jean Valjean posa le pied dessus.

Cependant l'enfant avait suivi sa pièce du regard, et l'avait vu.

Il ne s'étonna point et marcha droit à l'homme.

— Monsieur, dit le petit Savoyard, avec cette confiance de l'enfance qui se compose d'ignorance et d'innocence, — ma pièce?

— Comment t'appelles-tu? dit Jean Valjean.

— Petit-Gervais, monsieur.

— Va-t'en, dit Jean Valjean.

— Monsieur, reprit l'enfant, rendez-moi ma pièce.

Jean Valjean baissa la tête, et ne répondit pas.

— Ma pièce! cria l'enfant, ma pièce blanche! mon argent!

Il semblait que Jean Valjean n'entendît point. L'enfant le prit au collet de sa blouse et le secoua. Et en même temps il faisait effort pour déranger le gros soulier ferré posé sur son trésor.

— Je veux ma pièce! ma pièce de quarante sous!

L'enfant pleurait. La tête de Jean Valjean se releva. Il était toujours assis. Ses yeux étaient troubles. Il considéra l'enfant avec une sorte d'étonnement, puis il étendit la main vers son bâton et cria d'une voix terrible : — Qui est là?

— Moi, monsieur, répondit l'enfant. Petit-Gervais! moi! moi! Rendez-moi mes quarante sous, s'il vous plaît! Otez votre pied, monsieur, s'il vous plaît!

— Ah! c'est encore toi! dit Jean Valjean, et se dressant brusquement tout debout, le pied toujours sur la pièce d'argent, il ajouta : — Veux-tu bien te sauver!

L'enfant effaré le regarda, puis commença à trembler de la tête aux pieds, et, après quelques secondes de stupeur, se mit à s'enfuir en courant de toutes ses forces sans oser tourner le cou ni jeter un cri.

Cependant à une certaine distance l'essoufflement

le força de s'arrêter, et Jean Valjean, à travers sa rêverie, l'entendit qui sanglotait.

Au bout de quelques instants l'enfant avait disparu.

Le soleil s'était couché.

L'ombre se faisait autour de Jean Valjean. Il n'avait pas mangé de la journée ; il est probable qu'il avait la fièvre.

Il était resté debout, et n'avait pas changé d'attitude depuis que l'enfant s'était enfui. Tout à coup il tressaillit ; il venait de sentir le froid du soir.

Il raffermit sa casquette sur son front, chercha machinalement à croiser et à boutonner sa blouse, fit un pas, et se baissa pour reprendre à terre son bâton.

En ce moment il aperçut la pièce de quarante sous.

— Qu'est-ce que c'est que ça? dit-il entre ses dents Il recula de trois pas, puis s'arrêta, sans pouvoir détacher son regard de ce point que son pied avait foulé l'instant d'auparavant, comme si cette chose qui luisait là dans l'obscurité eût été un œil ouvert fixé sur lui.

Au bout de quelques minutes, il s'élança convulsivement vers la pièce d'argent, la saisit, et, se redressant, se mit à regarder au loin dans la plaine, jetant à la fois ses yeux vers tous les points de l'horizon, debout et frissonnant comme une bête fauve effarée qui cherche un asile.

Il ne vit rien. La nuit tombait, la plaine était froide et vague.

Il se mit à marcher rapidement dans une certaine direction, du côté où l'enfant avait disparu. Après une trentaine de pas, il s'arrêta, regarda, et ne vit rien.

Alors il cria de toute sa force : — Petit-Gervais! Petit-Gervais!

Il se tut, et attendit

Rien ne répondit

La campagne était déserte et morne.

Une bise glaciale soufflait, et donnait aux choses autour de lui une sorte de vie lugubre.

Il recommença à marcher, puis il se mit à courir, et de temps en temps il s'arrêtait, et criait dans cette solitude, avec une voix qui était ce qu'on pouvait entendre de plus formidable et de plus désolé : Petit-Gervais! Petit-Gervais!

Il fit de la sorte un assez long chemin, regardant, appelant et criant, mais il ne rencontra plus personne. Enfin, à un endroit où trois sentiers se croisaient, il s'arrêta. La lune s'était levée. Il promena sa vue au loin et appela une dernière fois : Petit-Gervais! Petit-Gervais! Petit-Gervais! Son cri s'éteignit dans la brume, sans même éveiller un écho. Il murmura encore : Petit-Gervais! mais d'une voix faible et presque inarticulée. Ce fut là son dernier effort; ses jarrets fléchirent brusquement sous lui comme si une puissance invisible l'accablait tout à coup du poids de sa mauvaise conscience; il tomba épuisé

sur une grosse pierre, les poings dans ses cheveux et le visage dans ses genoux, et il cria : Je suis un misérable !

Alors son cœur creva et il se mit à pleurer. C'était la première fois qu'il pleurait depuis dix-neuf ans.

Quand Jean Valjean était sorti de chez l'évêque, on l'a vu, il était hors de tout ce qui avait été sa pensée jusque-là. Il ne pouvait se rendre compte de ce qui se passait en lui. Il se raidissait contre les douces paroles du vieillard. « Vous m'avez promis de devenir un honnête homme. » Cela lui revenait sans cesse. Il opposait à cette indulgence céleste l'orgueil qui est en nous comme la forteresse du mal. Il sentait indistinctement que le pardon de ce prêtre était le plus grand assaut et la plus formidable attaque dont il eût encore été ébranlé ; que son endurcissement serait définitif s'il résistait à cette clémence ; que, s'il cédait, il faudrait renoncer à cette haine dont les actions des autres hommes avaient rempli son âme pendant tant d'années, et qui lui plaisait ; que cette fois il fallait vaincre ou être vaincu, et que la lutte, une lutte colossale et définitive, était engagée entre sa méchanceté à lui et la bonté de cet homme.

En présence de toutes ces lueurs, il allait comme un homme ivre. Il ne savait vraiment plus où il en était. Comme une chouette qui verrait brusquement se lever le soleil, le forçat avait été ébloui et comme aveuglé par la vertu.

Ce qui était certain, ce dont il ne se doutait pas, c'est qu'il n'était déjà plus le même homme, c'est que tout était changé en lui, c'est qu'il n'était plus en son pouvoir de faire que l'évêque ne lui eût pas parlé et ne l'eût pas touché.

Dans cette situation d'esprit, il avait rencontré Petit-Gervais et lui avait volé ses quarante sous. Pourquoi? Il n'eût assurément pu l'expliquer.

Quoi qu'il en soit, cette dernière mauvaise action eut sur lui un effet décisif; elle traversa brusquement ce chaos qu'il avait dans l'intelligence et le dissipa, mit d'un côté les épaisseurs obscures et de l'autre la lumière, et agit sur son âme.

Jean Valjean pleura longtemps.

Pendant qu'il pleurait, le jour se faisait de plus en plus dans son cerveau, un jour extraordinaire et terrible à la fois. Sa vie passée, sa première faute, sa longue expiation, son abrutissement extérieur, son endurcissement intérieur, sa mise en liberté réjouie par tant de plans de vengeance, ce qui lui était arrivé chez l'évêque, ce vol de quarante sous à un enfant, crime d'autant plus lâche et monstrueux qu'il venait après le pardon de l'évêque, tout cela lui revint et lui apparut, clairement, mais dans une clarté qu'il n'avait jamais vue jusque-là. Il regarda sa vie, et elle lui parut horrible.

Combien d'heures pleura-t-il ainsi? que fit-il après avoir pleuré? où alla-t-il? on ne l'a jamais su. Il paraît seulement avéré que, dans cette même nuit, le voiturier qui faisait à cette époque le service de Grenoble et qui arrivait à Digne vers trois heures du matin, vit en traversant la rue de l'évêché un homme dans l'attitude de la prière, à genoux sur le pavé, dans l'ombre, devant la porte de monseigneur Bienvenu.

7

Double quatuor

En cette année 1817, quatre jeunes Parisiens firent « une bonne farce ».

Ces Parisiens étaient l'un de Toulouse, l'autre de Limoges, le troisième de Cahors et le quatrième de Montauban ; mais ils étaient étudiants, et qui dit étudiant dit parisien.

Ces jeunes gens étaient insignifiants.

Ils s'appelaient l'un Félix Tholomyès, l'autre Listolier, l'autre Fameuil et le dernier Blachevelle. Naturellement chacun avait son amie. Blachevelle aimait Favourite, ainsi nommée parce qu'elle était allée en Angleterre ; Listolier adorait Dahlia, qui avait pour nom de guerre un nom de fleur ; Fameuil idolâtrait Zéphine, abrégé de Joséphine ; Tholomyès avait

Fantine, dite la Blonde à cause de ses beaux cheveux couleur de soleil.

Favourite, Dahlia, Zéphine et Fantine étaient quatre ravissantes filles parfumées et radieuses, encore un peu ouvrières, n'ayant pas tout à fait quitté leur aiguille, dérangées par les amourettes. Les trois premières étaient plus expérimentées, plus insouciantes et plus envolées dans le bruit de la vie que Fantine la Blonde, qui en était à sa première illusion.

Fantine était un de ces êtres comme il en éclôt, pour ainsi dire, au fond du peuple. Sortie des plus insondables épaisseurs de l'ombre sociale, elle avait au front le signe de l'anonyme et de l'inconnu. Elle était née à Montreuil-sur-Mer. De quels parents? Qui pourrait le dire? On ne lui avait jamais connu ni père ni mère. Elle se nommait Fantine. Pourquoi Fantine? On ne lui avait jamais connu d'autre nom. A l'époque de sa naissance, le Directoire existait encore. Point de nom de famille, point de nom de baptême, l'église n'était plus là. Elle s'appela comme il plut au premier passant qui la rencontra toute petite, allant pieds nus dans la rue. Elle reçut un nom comme elle recevait l'eau des nuées sur son front quand il pleuvait. On l'appela la petite Fantine. Personne n'en savait davantage. Cette créature humaine était venue dans la vie comme cela. A dix ans, Fantine quitta la ville et s'alla mettre en service chez des fermiers des environs. A quinze ans, elle vint à Paris « chercher fortune ». Fantine était belle et resta pure le plus longtemps qu'elle put. C'était une jolie blonde avec de belles dents. Elle avait de l'or et des perles pour dot, mais son or était sur sa tête et ses perles étaient dans sa bouche.

Elle travailla pour vivre; puis, toujours pour vivre, car le cœur a sa faim aussi, elle aima.

Elle aima Tholomyès.

Amourette pour lui, passion pour elle.

Blachevelle, Listolier et Fameuil formaient une sorte de groupe dont Tholomyès était la tête. C'était lui qui avait l'esprit.

Tholomyès était l'antique étudiant vieux; il était riche; il avait quatre mille francs de rente. Tholomyès était un viveur de trente ans, mal conservé. Il était ridé et édenté; et il ébauchait une calvitie. Sa jeunesse, pliant bagage bien avant l'âge, battait en retraite en bon ordre, éclatait de rire, et l'on n'y voyait que du feu. En outre, il doutait supérieurement de toute chose, grande force aux yeux des faibles. Donc, étant ironique et chauve, il était le chef.

Un jour Tholomyès prit à part les trois autres, fit un geste d'oracle, et leur dit :

— Il y a bientôt un an que Fantine, Dahlia, Zéphine et Favourite nous demandent de leur faire une surprise. Nous la leur avons promise solennellement. Elles nous en parlent toujours, à moi surtout. Le moment me semble venu. Causons.

Sur ce, Tholomyès baissa la voix, et articula mystérieusement quelque chose de si gai qu'un vaste et enthousiaste ricanement sortit des quatre bouches à la fois et que Blachevelle s'écria : « Ça, c'est une idée ! »

Un estaminet plein de fumée se présenta, ils y entrèrent et le reste de leur conférence se perdit dans l'ombre.

Le résultat de ces ténèbres fut une éblouissante partie de plaisir qui eut lieu le dimanche suivant, les quatre jeunes gens invitant les quatre jeunes filles.

On entrait dans les vacances, et ce dimanche était une chaude et claire journée d'été. C'est pourquoi ils se levèrent à cinq heures du matin. Puis ils allèrent à Saint-Cloud par le coche, et déjeunèrent à la *Tête-Noire.*

Les jeunes filles bruissaient et bavardaient comme des fauvettes échappées. Toutes quatre étaient follement jolies.

Quant à Fantine, c'était la joie. Ses dents splendides avaient évidemment reçu de Dieu une fonction, le rire. Elle portait à sa main plus volontiers que sur sa tête son petit chapeau de paille cousue, aux longues brides blanches. Ses épais cheveux blonds, enclins à flotter, se dénouaient facilement, il fallait les rattacher sans cesse. Ses lèvres roses babillaient avec enchantement.

Éclatante de face, délicate de profil, les yeux d'un bleu profond, Fantine était belle, sans trop le savoir. Nous avons dit que Fantine était la joie ; Fantine était aussi la pudeur.

Après le déjeuner les quatre couples étaient allés

voir, dans ce qu'on appelait alors le carré du roi, une plante nouvellement arrivée de l'Inde, et qui à cette époque attirait tout Paris à Saint-Cloud.

L'arbuste vu, Tholomyès s'était écrié : J'offre des ânes ! et, prix fait avec un ânier, ils étaient revenus par Vanves et Issy.

Les ânes quittés, joie nouvelle ; on passa la Seine en bateau, et de Passy, à pied, ils gagnèrent la barrière de l'Étoile. Puis on songea à dîner, et le radieux huitain, enfin un peu las, échoua au cabaret Bombarda.

De temps en temps Favourite s'écriait :

— Et la surprise ? je demande la surprise.

— Justement. L'instant est arrivé, répondit Tholomyès. Messieurs, l'heure de surprendre ces dames a sonné. Mesdames, attendez-nous un moment.

Ils se dirigèrent vers la porte tous les quatre à la file, en mettant leur doigt sur la bouche.

Favourite battit des mains à leur sortie.

— C'est déjà amusant, dit-elle.

— Ne soyez pas trop longtemps, murmura Fantine. Nous vous attendons.

Les jeunes filles, restées seules, s'accoudèrent deux à deux sur l'appui des fenêtres, jasant, penchant leur tête et se parlant d'une croisée à l'autre.

Elles virent les jeunes gens sortir du cabaret Bombarda bras dessus, bras dessous ; ils se retournèrent, leur firent des signes en riant, et disparurent dans cette poudreuse cohue du dimanche qui envahit hebdomadairement les Champs-Élysées.

Elles furent bientôt distraites par le mouvement des malles-postes et des diligences. Presque toutes les messageries du Midi et de l'Ouest passaient alors par les Champs-Élysées. La plupart suivaient le quai et sortaient par la barrière de Passy. De minute en minute, quelque grosse voiture peinte en jaune et en noir, pesamment chargée, bruyamment attelée, difforme à force de malles, de bâches et de valises, pleine de têtes tout de suite disparues, broyant la chaussée, changeant tous les pavés en briquets, se ruait à travers la foule avec toutes les étincelles d'une forge, de la poussière pour fumée, et un air de furie. Ce vacarme réjouissait les jeunes filles.

Un certain temps s'écoula ainsi. Tout à coup Favourite eut le mouvement de quelqu'un qui se réveille.

— Eh bien, fit-elle, et la surprise?

— Ils sont bien longtemps! dit Fantine.

Comme Fantine achevait ce soupir, le garçon qui avait servi le dîner entra. Il tenait à la main quelque chose qui ressemblait à une lettre.

— Qu'est-ce que cela? demanda Favourite.

Le garçon répondit :

— C'est un papier que ces messieurs ont laissé pour ces dames.

— Pourquoi ne l'avoir pas apporté tout de suite?

— Parce que ces messieurs, reprit le garçon, ont commandé de ne le remettre à ces dames qu'au bout d'une heure.

Favourite arracha le papier des mains du garçon. C'était une lettre en effet :

— Tiens ! dit-elle. Il n'y a pas d'adresse. Mais voici ce qui est écrit dessus :

CECI EST LA SURPRISE

Elle décachera vivement la lettre, l'ouvrit et lut (elle savait lire) :

« *O nos amantes !*

« *Sachez que nous avons des parents. Des parents, vous ne connaissez pas beaucoup ça. Ça s'appelle des pères et mères dans le code civil, puéril et honnête. Or, ces parents gémissent, ces vieillards nous réclament, ces bons hommes et ces bonnes femmes nous appellent enfants prodigues, ils souhaitent nos retours, et nous offrent de tuer des veaux. Nous leur obéissons, étant vertueux. A l'heure où vous lirez ceci, cinq chevaux fougueux nous rapporteront à nos papas et à nos mamans. La diligence de Toulouse nous arrache à l'abîme, et l'abîme c'est vous, ô nos belles petites ! Nous rentrons dans la société, dans le devoir et dans l'ordre, au grand trot, à raison de trois lieues à l'heure. Il importe à la patrie que nous soyons, comme tout le monde, préfets, pères de famille, gardes champêtres et conseillers d'État. Vénérez-nous. Nous nous sacrifions. Pleurez-nous rapidement et remplacez-nous vite. Si cette lettre vous déchire, rendez-le-lui. Adieu.*

« *Pendant près de deux ans nous vous avons rendues heureuses. Ne nous en gardez pas rancune.*

Signé : *Blachevelle.*

Fameuil.

Listolier.

Félix Tholomyès.

Post-scriptum. Le dîner est payé. »

Les quatre jeunes filles se regardèrent.

Favourite rompit la première le silence.

— Eh bien ! s'écria-t-elle, c'est tout de même une bonne farce.

— C'est très drôle, dit Zéphine.

— C'est une idée de Tholomyès. Ça se reconnaît.

— Vive Tholomyès ! crièrent Dahlia et Zéphine.

Et elles éclatèrent de rire. Fantine rit comme les autres.

Une heure après, quand elle fut rentrée dans sa chambre, elle pleura. C'était, nous l'avons dit, son premier amour ; elle s'était donnée à ce Tholomyès comme à un mari, et la pauvre fille avait un enfant.

8

Esquisse de deux figures louches

Il y avait, dans le premier quart de ce siècle, à Montfermeil, près Paris, une gargote tenue par des gens appelés Thénardier, mari et femme, située dans la ruelle du Boulanger. On voyait au-dessus de la porte une planche clouée à plat sur le mur. Sur cette planche était peint quelque chose qui ressemblait à un homme portant sur son dos un autre homme, lequel avait de grosses épaulettes de général dorées avec de larges étoiles argentées ; des taches rouges figuraient du sang : le reste du tableau était de la fumée et représentait probablement une bataille. Au bas on lisait cette inscription : AU SERGENT DE WATERLOO.

Rien n'est plus ordinaire qu'un tombereau ou une charrette à la porte d'une auberge. Cependant le véhicule ou, pour mieux dire, le fragment de véhicule qui encombrait la rue devant la gargote du Sergent de Waterloo, un soir du printemps de 1818, eût certainement attiré par sa masse l'attention d'un peintre qui eût passé là.

C'était l'avant-train d'un de ces fardiers, usités dans les pays de forêts et qui servent à charrier des madriers et des troncs d'arbres. Cet avant-train se composait d'un massif essieu de fer à pivot où s'emboîtait un lourd timon, et que supportaient deux roues démesurées. Tout cet ensemble était trapu, écrasant et difforme. On eût dit l'affût d'un canon géant. Sous l'essieu pendait en draperie une grosse chaîne et sur la courbure, comme sur la corde d'une balançoire, étaient assises deux petites filles, l'une d'environ deux ans et demi, l'autre de dix-huit mois, la plus petite dans les bras de la plus grande. Un mouchoir savamment noué les empêchait de tomber.

Les deux enfants, du reste gracieusement attifées, et avec quelque recherche, rayonnaient ; on eût dit deux roses dans de la ferraille. L'une était châtaine, l'autre était brune. Leurs naïfs visages étaient deux étonnements ravis.

Tout en berçant ses deux petites, la mère chantonnait d'une voix fausse une romance alors célèbre :

Cependant quelqu'un s'était approché d'elle, comme elle commençait le premier couplet de la romance, et tout à coup elle entendit une voix qui disait très près de son oreille : — Vous avez là deux jolis enfants, madame.

Une femme était devant elle, à quelques pas. Cette femme, elle aussi, avait un enfant, qu'elle portait dans ses bras.

Elle portait en outre un assez gros sac de nuit qui semblait fort lourd.

L'enfant de cette femme était un des plus divins êtres qu'on pût voir. C'était une fille de deux à trois ans. Elle avait un bavolet de linge fin, des rubans à sa brassière et de la valenciennes à son bonnet. Le pli de sa jupe relevée laissait voir sa cuisse blanche, potelée et ferme. Elle était admirablement rose et bien portante. La belle petite donnait envie de mordre dans les pommes de ses joues. On ne pouvait rien dire de ses yeux, sinon qu'ils devaient être très grands et qu'ils avaient des cils magnifiques. Elle dormait.

Elle dormait de ce sommeil d'absolue confiance propre à son âge. Les bras des mères sont faits de tendresse ; les enfants y dorment profondément.

Quant à la mère, l'aspect en était pauvre et triste. Elle avait la mise d'une ouvrière qui tend à redevenir paysanne. Elle était jeune. Était-elle belle ? peut-être ; mais avec cette mise il n'y paraissait pas. Ses cheveux, d'où s'échappait une mèche blonde, semblaient fort épais, mais disparaissaient sévèrement sous une coiffe de béguine, laide, serrée, étroite, et nouée au menton. Le rire montre les belles dents quand on en a; mais elle ne riait point. Ses yeux ne semblaient pas être secs depuis très longtemps. Elle était pâle; elle avait l'air très lasse et un peu malade; elle regardait sa fille endormie dans ses bras avec cet air particulier d'une mère qui a nourri son enfant. Un large mouchoir bleu comme ceux où se mouchent les invalides, plié en fichu, masquait lourdement sa taille. Elle avait les mains hâlées et toutes piquées de taches de rousseur, l'index durci et déchiqueté par l'aiguille, une mante brune de laine bourrue, une robe de toile et de gros souliers. C'était Fantine.

C'était Fantine. Difficile à reconnaître. Pourtant, à l'examiner attentivement, elle avait toujours sa beauté. Un pli triste, qui ressemblait à un commencement d'ironie, ridait sa joue droite.

Dix mois s'étaient écoulés depuis « la bonne farce ».

Que s'était-il passé pendant ces dix mois?

Après l'abandon, la gêne. Fantine avait tout de suite perdu de vue Favourite, Zéphine et Dahlia, elle se trouva absolument isolée. Nulle ressource. Fantine savait à peine lire et ne savait pas écrire; on lui avait seulement appris dans son enfance à signer son nom; elle avait fait écrire par un écrivain public une lettre à Tholomyès, puis une seconde, puis une troisième. Tholomyès n'avait répondu à aucune.

Quel parti prendre pourtant? Elle ne savait plus à qui s'adresser. Elle avait commis une faute, mais le fond de sa nature, on s'en souvient, était pudeur et vertu. Elle sentit vaguement qu'elle était à la veille de tomber dans la détresse et de glisser dans le pire. Il fallait du courage; elle en eut, et se roidit. L'idée lui vint de retourner dans sa ville natale, à Montreuil-sur-Mer. Elle vendit tout ce qu'elle avait, ce qui lui produisit deux cents francs; ses petites dettes payées, elle n'eut plus que quatre-vingts francs environ. A vingt-deux ans, par une belle matinée de printemps, elle quittait Paris, emportant son enfant sur son dos.

Vers le milieu du jour, après avoir, pour se reposer, cheminé de temps en temps, moyennant trois ou quatre sous par lieue, dans ce qu'on appelait alors les Petites Voitures des Environs de Paris, Fantine se trouvait à Montfermeil dans la ruelle du Boulanger.

Comme elle passait devant l'auberge Thénardier, les deux petites filles, enchantées sur leur escarpolette monstre, avaient été pour elle une sorte d'éblouissement, et elle s'était arrêtée devant cette vision de joie. Elle les considérait, tout émue. Elle crut voir au-dessus de cette auberge le mystérieux ICI de la providence. Ces deux petites étaient évidemment heureuses! Au moment où la mère reprenait haleine entre deux vers de sa chanson, elle ne put s'empêcher de lui dire ce mot qu'on vient de lire :

— Vous avez là deux jolis enfants, madame.

Les créatures les plus féroces sont désarmées par la caresse à leurs petits. La mère leva la tête et remercia, et fit asseoir la passante sur le banc de la porte. Les deux femmes causèrent.

— Je m'appelle madame Thénardier, dit la mère des deux petites. Nous tenons cette auberge.

Cette Mme Thénardier était une femme rousse, charnue, anguleuse.

La voyageuse raconta son histoire, un peu modifiée.

Qu'elle était ouvrière ; que son mari était mort ; que le travail lui manquait à Paris, et qu'elle allait en chercher ailleurs ; dans son pays ; qu'elle avait quitté Paris le matin même, à pied ; que, comme elle portait son enfant, se sentant fatiguée, et ayant rencontré la voiture de Villemomble, elle y était montée ; que de Villemomble elle était venue à Montfermeil à pied ; que la petite avait un peu marché, mais pas beaucoup, c'est si jeune, et qu'il avait fallu la prendre, et que le bijou s'était endormi.

Et sur ce mot elle donna à sa fille un baiser passionné qui la réveilla. L'enfant ouvrit les yeux, de grands yeux bleus comme ceux de sa mère, et regarda, quoi? rien, tout, avec cet air sérieux et quelquefois sévère des petits enfants. Puis l'enfant se mit à rire, et, quoique la mère la retînt, glissa à terre avec l'indomptable énergie d'un petit être qui veut courir. Tout à coup elle aperçut les deux autres sur leur

balançoire, s'arrêta court, et tira la langue, signe d'admiration.

La mère Thénardier détacha ses filles, les fit descendre de l'escarpolette, et dit :

— Amusez-vous toutes les trois.

Ces âges-là s'apprivoisent vite ; et au bout d'une minute les petites Thénardier jouaient avec la nouvelle venue à faire des trous dans la terre, plaisir immense.

Les deux femmes continuaient de causer.

— Comment s'appelle votre mioche ?

— Cosette.

La petite se nommait Euphrasie. Mais d'Euphrasie la mère avait fait Cosette.

— Quel âge a-t-elle ?

— Elle va sur trois ans.

— C'est comme mon aînée, Éponine. Azelma n'a que dix-huit mois.

Cependant les trois petites filles étaient groupées dans une posture d'anxiété profonde et de béatitude ; un événement avait lieu ; un gros ver venait de sortir de terre ; et elles avaient peur, et elles étaient en extase.

Leurs fronts radieux se touchaient ; on eût dit trois têtes dans une auréole.

— Les enfants, s'écria la mère Thénardier, comme ça se connaît tout de suite ! les voilà qu'on jurerait trois sœurs !

Ce mot fut l'étincelle qu'attendait probablement

l'autre mère. Elle saisit la main de la Thénardier, la regarda fixement et lui dit :

— Voulez-vous me garder mon enfant?

La Thénardier eut un de ces mouvements surpris qui ne sont ni le consentement ni le refus.

La mère de Cosette poursuivit :

— Voyez-vous, je ne peux pas emmener ma fille au pays. L'ouvrage ne le permet pas. Avec un enfant, on ne trouve pas à se placer. Ils sont si ridicules dans ce pays-là. C'est le bon Dieu qui m'a fait passer devant votre auberge. Quand j'ai vu vos petites si jolies et si propres et si contentes, cela m'a bouleversée. J'ai dit : voilà une bonne mère. C'est ça : ça fera trois sœurs. Et puis, je ne serai pas longtemps à revenir. Voulez-vous me garder mon enfant?

— Il faudrait voir, dit la Thénardier.

— Je donnerais six francs par mois.

Ici une voix d'homme cria du fond de la gargote :

— Pas moins de sept francs. Et six mois payés d'avance.

— Six fois sept quarante-deux, dit la Thénardier.

— Je les donnerai, dit la mère.

— Et quinze francs en dehors pour les premiers frais, ajouta la voix d'homme.

— Total cinquante-sept francs, dit la madame Thénardier.

— Je les donnerai, dit la mère, j'ai quatre-vingts francs. Il me restera de quoi aller au pays. En allant à pied. Je gagnerai de l'argent là-bas, et dès que j'en aurai un peu, je reviendrai chercher l'amour.

La voix d'homme reprit :

— La petite a un trousseau?

— C'est mon mari, dit la Thénardier.

— Sans doute elle a un trousseau, le pauvre trésor. J'ai bien vu que c'était votre mari. Et un beau trousseau encore! un trousseau insensé. Tout par douzaines : et des robes de soie comme une dame. Il est là dans mon sac de nuit.

— Il faudra le donner, repartit la voix d'homme.

— Je crois bien que je le donnerai! dit la mère. Ce serait cela qui serait drôle si je laissais ma fille toute nue!

La face du maître apparut.

— C'est bon, dit-il.

Le marché fut conclu. La mère passa la nuit à l'auberge, donna son argent et laissa son enfant, renoua son sac de nuit dégonflé du trousseau et léger désormais, et partit le lendemain matin, comptant revenir bientôt. On arrange tranquillement ces départs-là, mais ce sont des désespoirs.

Quand la mère de Cosette fut partie, l'homme dit à la femme :

— Cela va me payer mon effet de cent dix francs qui échoit demain. Il me manquait cinquante francs. Sais-tu que j'aurais eu l'huissier et un protêt? Tu as fait là une bonne souricière avec tes petites.

— Sans m'en douter, dit la femme.

La souris prise était bien chétive; mais le chat se réjouit même d'une souris maigre.

Qu'était-ce que ce Thénardier?

S'il fallait l'en croire, il avait été soldat ; sergent, disait-il ; il avait fait probablement la campagne de 1815, et s'était même comporté assez bravement, à ce qu'il paraît. Nous verrons plus tard ce qu'il en était. L'enseigne de son cabaret était une allusion à l'un des ses faits d'armes. Il l'avait peinte lui-même, car il savait faire un peu de tout, mal.

Il ne suffit pas d'être méchant pour prospérer. La gargote allait mal.

Grâce aux cinquante-sept francs de la voyageuse, Thénardier avait pu éviter un protêt et faire honneur à sa signature. Le mois suivant ils eurent encore besoin d'argent ; la femme porta à Paris et engagea au mont-de-piété le trousseau de Cosette pour une somme de soixante francs. Dès que la somme fut dépensée, les Thénardier s'accoutumèrent à ne plus voir dans la petite fille qu'un enfant qu'ils avaient chez eux par charité, et la traitèrent en conséquence. Comme elle n'avait plus de trousseau, on l'habilla des vieilles jupes et des vieilles chemises des petites Thénardier, c'est-à-dire de haillons. On la nourrit des restes de tout le monde, un peu mieux que le chien, et un peu plus mal que le chat. Le chat et le chien étaient du reste ses commensaux habituels ; Cosette mangeait avec eux sous la table dans une écuelle de bois pareille à la leur.

La mère, qui s'était fixée à Montreuil-sur-Mer, faisait écrire tous les mois afin d'avoir des nouvelles de son enfant. Les Thénardier répondaient invariablement : Cosette est à merveille.

Les six premiers mois révolus, la mère envoya sept francs pour le septième mois, et continua assez exactement ses envois de mois en mois. L'année n'était pas finie que le Thénardier dit : — Une belle grâce qu'elle nous fait là ! que veut-elle que nous fassions avec ses sept francs? Et il écrivit pour exiger douze francs. La mère, à laquelle ils persuadaient que son enfant était heureuse « et venait bien », se soumit et envoya les douze francs.

Certaines natures ne peuvent aimer d'un côté sans haïr de l'autre. La mère Thénardier aimait passionnément ses deux filles à elle, ce qui fit qu'elle détesta l'étrangère. Si peu de place que Cosette tînt chez elle, il lui semblait que cela était pris aux siens. Cette femme, comme beaucoup de femmes de sa sorte, avait une somme de caresses et une somme de coups et d'injures à dépenser chaque jour. Si elle n'avait pas eu Cosette, il est certain que ses filles, tout idolâtrées qu'elles étaient, auraient tout reçu; mais l'étrangère leur rendit le service de détourner les coups sur elle. Ses filles n'eurent que les caresses. Cosette ne faisait pas un mouvement qui ne fît pleuvoir sur sa tête une grêle de châtiments violents et immérités. Doux être faible qui ne devait rien comprendre à ce monde ni à Dieu, sans cesse punie, grondée, rudoyée, battue et voyant à côté d'elle deux petites créatures comme elle, qui vivaient dans un rayon d'aurore!

La Thénardier étant méchante pour Cosette, Éponine et Azelma furent méchantes. Les enfants, à cet âge, ne sont que des exemplaires de la mère. Le format est plus petit, voilà tout.

Une année s'écoula, puis une autre.

On disait dans le village :

— Ces Thénardier sont de braves gens. Ils ne sont pas riches, et ils élèvent un pauvre enfant qu'on leur a abandonné chez eux!

On croyait Cosette oubliée par sa mère. D'année en année, l'enfant grandit, et sa misère aussi.

Tant que Cosette fut toute petite, elle fut le souffre-douleur des deux autres enfants; dès qu'elle se mit à se développer un peu, c'est-à-dire avant même qu'elle eût cinq ans, elle devint la servante de la maison. On fit faire à Cosette les commissions, balayer les chambres, la cour, la rue, laver la vaisselle, porter même des fardeaux. Les Thénardier se crurent d'autant plus autorisés à agir que la mère qui était toujours à Montreuil-sur-Mer commença à mal payer. Quelques mois restèrent en souffrance.

Si cette mère fût revenue à Montfermeil au bout de ces trois années, elle n'eût point reconnu son enfant. Cosette, si jolie et si fraîche à son arrivée dans cette maison, était maintenant maigre et blême. Elle avait je ne sais quelle allure inquiète. Sournoise! disaient les Thénardier.

L'injustice l'avait faite hargneuse et la misère l'avait rendue laide. Il ne lui restait plus que ses beaux yeux qui faisaient peine, parce que, grands comme ils étaient, il semblait qu'on y vît une plus grande quantité de tristesse.

C'était une chose navrante de voir, l'hiver, ce pauvre enfant, qui n'avait pas encore six ans, grelottant sous de vieilles loques de toile trouées, balayer la rue avant le jour avec un énorme balai dans ses petites mains rouges et une larme dans ses grands yeux.

Dans le pays on l'appelait l'Alouette. Le peuple, qui aime les figures, s'était plu à nommer de ce nom ce petit être pas plus gros qu'un oiseau, tremblant, effarouché et frissonnant, éveillé le premier chaque matin dans la maison et dans le village, toujours dans la rue ou dans les champs avant l'aube.

Seulement la pauvre alouette ne chantait jamais.

9

Le père Madeleine

Après avoir laissé sa petite Cosette aux Thénardier, Fantine avait continué son chemin et était arrivée à Montreuil-sur-Mer.

C'était, on se le rappelle, en 1818.

Fantine avait quitté sa province depuis une dizaine d'années. Montreuil-sur-Mer avait changé d'aspect. Tandis que Fantine descendait lentement de misère en misère, sa ville natale avait prospéré.

De temps immémorial, Montreuil-sur-Mer avait pour industrie spéciale l'imitation des jais anglais et des verroteries noires d'Allemagne. Cette industrie avait toujours végété, à cause de la cherté des matières premières qui réagissait sur la main-d'œuvre. Au moment où Fantine revint à Montreuil-sur-Mer, une transformation inouïe s'était opérée dans cette production des « articles noirs ». Vers la fin de 1815, un homme, un inconnu, était venu s'établir dans la ville et avait eu l'idée de substituer, dans cette fabrication, la gomme laque à la résine et, pour les bracelets en particulier, les coulants en tôle simplement rapprochée aux coulants en tôle soudée. Ce tout petit changement avait été une révolution.

Ce tout petit changement en effet avait prodigieusement réduit le prix de la matière première, ce qui avait permis, premièrement d'élever le prix de la main-d'œuvre, bienfait pour le pays, deuxièmement d'améliorer la fabrication, avantage pour le consommateur, troisièmement de vendre à meilleur marché tout en triplant le bénéfice, profit pour le manufacturier.

En moins de trois ans, l'auteur de ce procédé était devenu riche, ce qui est bien, et avait tout fait riche autour de lui, ce qui est mieux. Il était étranger au département. De son origine, on ne savait rien; de ses commencements, peu de chose.

On contait qu'il était venu dans la ville avec fort peu d'argent, quelques centaines de francs tout au plus.

A son arrivée à Montreuil-sur-Mer, il n'avait que les vêtements, la tournure et le langage d'un ouvrier.

Il paraît que, le jour même où il faisait obscurément son entrée dans la petite ville de Montreuil-sur-Mer, à la tombée d'un soir de décembre, le sac au dos et le bâton d'épine à la main, un gros incendie venait d'éclater à la maison commune. Cet homme s'était jeté dans le feu, et avait sauvé, au péril de sa vie, deux enfants qui se trouvaient être ceux du capitaine de gendarmerie ; ce qui fait qu'on n'avait pas songé à lui demander son passe-port. Depuis lors, on avait su son nom. Il s'appelait *le père Madeleine.*

C'était un homme d'environ cinquante ans, qui avait l'air préoccupé et qui était bon. Voilà tout ce qu'on en pouvait dire.

Grâce aux progrès rapides de cette industrie qu'il avait si admirablement remaniée. Montreuil-sur-Mer était devenu un centre d'affaires considérable.

Le père Madeleine employait tout le monde. Il n'exigeait qu'une chose : soyez honnête homme ! soyez honnête fille !

Comme nous l'avons dit, au milieu de cette activité dont il était la cause et le pivot, le père Madeleine faisait sa fortune, mais, chose assez singulière dans un simple homme de commerce, il ne paraissait point que ce fût là son principal souci. Il semblait qu'il songeât beaucoup aux autres et eu à lui. En 1820, on lui connaissait une somme de six cent trente mille francs placée à son nom chez Laffitte ; mais avant de se réserver ces six cent trente mille francs il avait dépensé plus d'un million pour la ville et pour les pauvres.

L'hôpital était mal doté ; il y avait fondé dix lits.

Dans les premiers temps, quand on le vit commencer, les bonnes âmes dirent : C'est un gaillard qui veut s'enrichir. Quand on le vit enrichir le pays avant de s'enrichir lui-même, les mêmes bonnes âmes dirent : C'est un ambitieux.

Cependant en 1819 le bruit se répandit un matin dans la ville que, sur la présentation de M. le préfet et en considération des services rendus au pays, le père Madeleine allait être nommé par le roi maire de Montreuil-sur-Mer. Ceux qui avaient déclaré ce nouveau venu « un ambitieux » saisirent avec transport cette occasion que tous les hommes souhaitent de s'écrier : Là ! qu'est-ce que nous avions dit ? Tout Montreuil-sur-Mer fut en rumeur. Le bruit était fondé. Quelques jours après, la nomination parut dans *le Moniteur*. Le lendemain, le père Madeleine refusa.

Dans cette même année 1819, les produits du nouveau procédé inventé par Madeleine figurèrent à l'exposition de l'industrie ; sur le rapport du jury, le roi nomma l'inventeur chevalier de la légion d'honneur. Nouvelle rumeur dans la petite ville. Eh bien, c'est la croix qu'il voulait ! Le père Madeleine refusa la croix.

Décidément cet homme était une énigme. Les bonnes âmes se tirèrent d'affaire en disant : Après tout, c'est une espèce d'aventurier.

En 1820, cinq ans après son arrivée à Montreuil-sur-Mer, les services qu'il avait rendus au pays étaient si éclatants, le vœu de toute la contrée fut tellement unanime, que le roi le nomma de nouveau maire de la ville. Il refusa encore, mais le préfet résista à son refus, tous les notables vinrent le prier, le peuple en pleine rue le suppliait, l'insistance fut si vive qu'il finit par accepter.

Ce fut là la troisième phase de son ascension. Le père Madeleine était devenu monsieur Madeleine ; monsieur Madeleine devint monsieur le maire.

Du reste, il était demeuré aussi simple que le premier jour. Il avait les cheveux gris, l'œil sérieux, le teint hâlé d'un ouvrier, le visage pensif d'un philosophe. Il portait habituellement un chapeau à bords larges et une longue redingote de gros drap, boutonnée jusqu'au menton. Il remplissait ses fonctions de maire, mais hors de là il vivait solitaire. Il parlait à peu de monde. Il se dérobait aux politesses, saluait de côté, s'esquivait vite, souriait pour se dispenser de causer, donnait pour se dispenser de sourire.

Il prenait ses repas toujours seul, avec un livre ouvert devant lui où il lisait. Il avait une petite bibliothèque bien faite. Il aimait les livres. A mesure que le loisir lui venait avec la fortune, il semblait qu'il en profitât pour cultiver son esprit. Depuis qu'il était à Montreuil-sur-Mer, on remarquait que d'année en année son langage devenait plus poli, plus choisi et plus doux.

Il emportait volontiers un fusil dans ses promenades, mais il s'en servait rarement. Quand cela lui arrivait par aventure, il avait un tir infaillible qui effrayait. Jamais il ne tuait un animal inoffensif. Jamais il ne tirait un petit oiseau.

Quoiqu'il ne fût plus jeune, on contait qu'il était d'une force prodigieuse. Il offrait un coup de main à qui en avait besoin, relevait un cheval, poussait à une roue embourbée, arrêtait par les cornes un taureau échappé. Il avait toujours ses poches pleines de monnaie en sortant et vides en rentrant. Quand il passait dans un village, les marmots déguenillés couraient joyeusement après lui et l'entouraient comme une nuée de moucherons.

Il faisait une foule de bonnes actions en se cachant comme on se cache pour les mauvaises. Il pénétrait à la dérobée, le soir, dans les maisons ; il montait furtivement des escaliers. Un pauvre diable, en rentrant dans ses galetas, trouvait que sa porte avait été ouverte, quelquefois même forcée, dans son absence. Le pauvre homme se récriait : quelque malfaiteur est venu ! Il entrait, et la première chose qu'il voyait, c'était une pièce d'or oubliée sur un meuble. « Le malfaiteur » qui était venu, c'était le père Madeleine.

Il était affable et triste. Le peuple disait : Voilà un homme riche qui n'a pas l'air fier. Voilà un homme heureux qui n'a pas l'air content.

On se chuchotait aussi qu'il avait des sommes « immenses » déposées chez Laffitte, avec cette particularité qu'elles étaient toujours à sa disposition immédiate, de telle sorte, ajoutait-on, que M. Madeleine pourrait arriver un matin chez Laffitte, signer un reçu et emporter sa fortune.

10

M. Javert

Au commencement de 1821, les journaux annoncèrent la mort de M. Myriel, évêque de Digne, « surnommé *monseigneur Bienvenu* », et trépassé en odeur de sainteté à l'âge de quatre-vingt-deux ans.

L'annonce de sa mort fut reproduite par le journal local de Montreuil-sur-Mer. M. Madeleine parut le lendemain tout en noir avec un crêpe à son chapeau.

On remarqua dans la ville ce deuil, et l'on jasa. Cela parut une lueur sur l'origine de M. Madeleine. On en conclut qu'il avait quelque alliance avec le vénérable évêque. *Il drape pour l'évêque de Digne*, dirent les salons ; cela rehaussa fort M. Madeleine, et lui donna subitement et d'emblée une certaine considération dans le monde noble de Montreuil-sur-Mer.

Un soir, une doyenne de ce petit grand monde-là se hasarda à lui demander : — Monsieur le maire est sans doute cousin du feu évêque de Digne?

Il dit : — Non, madame.

— Mais, reprit la douairière, vous en portez le deuil?

Il répondit : — C'est que dans ma jeunesse j'ai été laquais dans sa famille.

Une remarque qu'on faisait encore, c'est que, chaque fois qu'il passait dans la ville un jeune savoyard courant le pays et cherchant des cheminées à ramoner, M. le maire le faisait appeler, lui demandait son nom, et lui donnait de l'argent. Les petits savoyards se le disaient, et il en passait beaucoup.

Peu à peu, et avec le temps, toutes les oppositions étaient tombées. Il y avait eu d'abord contre M. Madeleine, sorte de loi que subissent toujours ceux qui s'élèvent, des noirceurs et des calomnies, puis ce ne fut plus que des méchancetés, puis ce ne fut plus que des malices, puis cela s'évanouit tout à fait; le respect devint complet, unanime, cordial, et il arriva un moment, vers 1821, où ce mot : monsieur le maire, fut prononcé à Montreuil-sur-Mer presque du même accent que ce mot : monseigneur l'évêque, était prononcé à Digne en 1815. On venait de dix lieues à la ronde consulter M. Madeleine. Il terminait les différends, il empêchait les procès, il réconciliait les ennemis. Chacun le prenait pour juge de son bon droit. Il semblait qu'il eût pour âme le livre de la loi naturelle. Ce fut comme une contagion de vénération qui, en six ou sept ans, et de proche en proche, gagna tout le pays.

Un seul homme, dans la ville et dans l'arrondissement, se déroba absolument à cette contagion.

Souvent, quand M. Madeleine passait dans une rue, calme, affectueux, entouré des bénédictions de tous, il arrivait qu'un homme de haute taille vêtu d'une redingote gris de fer, armé d'une grosse canne et coiffé d'un chapeau rabattu, se retournait brusquement derrière lui, et le suivait des yeux jusqu'à ce qu'il eût disparu, croisant les bras, secouant lentement la tête, et haussant sa lèvre supérieure avec sa lèvre inférieure jusqu'à son nez, sorte de grimace significative qui pourrait se traduire par : — Mais qu'est-ce que c'est que cet homme-là ? — Pour sûr je l'ai vu quelque part. — En tout cas, je ne suis toujours pas sa dupe.

Ce personnage, grave d'une gravité presque menaçante, se nommait Javert, et il était de la police.

Il remplissait à Montreuil-sur-Mer les fonctions d'inspecteur. Il n'avait pas vu les commencements de Madeleine. Quand Javert était arrivé à Montreuil-sur-Mer, la fortune du grand manufacturier était déjà faite, et le père Madeleine était devenu monsieur Madeleine.

Certains officiers de police ont une physionomie à part et qui se complique d'un air de bassesse mêlé à un air d'autorité. Javert avait cette physionomie, moins la bassesse.

Il avait dans sa jeunesse été employé dans les chiourmes du Midi.

La face de Javert consistait en un nez camard, avec deux profondes narines vers lesquelles montaient sur ses deux joues d'énormes favoris. Quand Javert riait, ce qui était rare et terrible, ses lèvres minces s'écartaient, et laissaient voir, non seulement ses dents, mais ses gencives. Javert sérieux était un dogue ; lorsqu'il riait, c'était un tigre. Du reste, peu de crâne, beaucoup de mâchoire, les cheveux cachant le front et tombant sur les sourcils, entre les deux yeux un froncement central permanent comme une étoile de colère, le regard obscur, la bouche pincée et redoutable, l'air du commandement féroce.

Cet homme était composé de deux sentiments très simples et relativement très bons, mais qu'il faisait presque mauvais à force de les exagérer, le respect de l'autorité, la haine de la rébellion. Il enveloppait dans une sorte de foi aveugle et profonde tout ce qui a une fonction dans l'état, depuis le premier ministre jusqu'au garde champêtre. Il était absolu et n'admettait pas d'exceptions. D'une part il disait : — Le fonctionnaire ne peut se tromper ; le magistrat n'a jamais tort. Il était stoïque, sérieux, austère ; rêveur triste ; humble et hautain comme les fanatiques. Son regard était une vrille, cela était froid et cela perçait. Toute sa vie tenait dans ces deux mots : veiller et surveiller. Malheur à qui tombait sous sa main! Avec cela une vie de privations, l'isolement, l'abnégation, la chasteté, jamais une distraction.

Toute la personne de Javert exprimait l'homme qui épie et qui se dérobe.

Javert était comme un œil toujours fixé sur M. Madeleine. Œil plein de soupçon et de conjectures. M. Madeleine avait fini par s'en apercevoir, mais il sembla que cela fût insignifiant pour lui. Il ne fit pas même une question à Javert, il ne le cherchait ni ne l'évitait, il portait, sans paraître y faire attention, ce regard gênant et presque pesant. Il traitait Javert comme tout le monde, avec aisance et bonté.

Javert était évidemment quelque peu déconcerté par le complet naturel et la tranquillité de M. Madeleine.

Un jour pourtant son étrange manière d'être parut faire impression sur M. Madeleine. Voici à quelle occasion.

11

Le père Fauchelevent

M. Madeleine passait un matin dans une ruelle non pavée de Montreuil-sur-Mer. Il entendit un bruit et vit un groupe à quelque distance. Il y alla. Un vieux homme, nommé le père Fauchelevent, venait de tomber sous sa charrette dont le cheval s'était abattu.

Le cheval avait les deux cuisses cassées et ne pouvait se relever. Le vieillard était engagé entre les roues. La chute avait été tellement malheureuse que toute la voiture pesait sur sa poitrine. Le père Fauchelevent poussait des râles lamentables. On avait essayé de le tirer, mais en vain. Il était impossible de le dégager autrement qu'en soulevant la voiture par-dessous. Javert, qui était survenu au moment de l'accident, avait envoyé chercher un cric.

M. Madeleine arriva. On s'écarta avec respect.

— A l'aide! criait le vieux Fauchelevent. Qui est-ce qui est un bon enfant pour sauver le vieux?

M. Madeleine se tourna vers les assistants :

— A-t-on un cric?

— On en est allé quérir un, répondit un paysan.

— Dans combien de temps l'aura-t-on?

— On est allé au plus près, au lieu Flachot, où il y a un maréchal; mais c'est égal, il faudra bien un bon quart d'heure.

— Un quart d'heure! s'écria Madeleine.

Il avait plu la veille, le sol était détrempé, la charrette s'enfonçait dans la terre à chaque instant et comprimait de plus en plus la poitrine du vieux charretier. Il était évident qu'avant cinq minutes il aurait les côtes brisées.

— Il est impossible d'attendre un quart d'heure, dit Madeleine aux paysans qui regardaient.

— Il faut bien!

— Écoutez, reprit Madeleine, il y a encore assez de place sous la voiture pour qu'un homme s'y glisse et la soulève avec son dos. Rien qu'une demi-minute, et l'on tirera le pauvre homme. Y a-t-il quelqu'un qui ait des reins et du cœur? Cinq louis d'or à gagner!

Personne ne bougea dans le groupe.

— Dix louis, dit Madeleine.

Les assistants baissaient les yeux. Un d'eux murmura : — Il faudrait être diablement fort. Et puis, on risque de se faire écraser!

— Allons ! recommença Madeleine, vingt louis !

Même silence.

— Ce n'est pas la bonne volonté qui leur manque, dit une voix.

M. Madeleine se retourna, et reconnut Javert. Il ne l'avait pas aperçu en arrivant.

Javert continua.

— C'est la force. Il faudrait être un terrible homme pour faire la chose de lever une voiture comme cela sur son dos.

Puis, regardant fixement M. Madeleine, il poursuivit en appuyant chacun des mots qu'il prononçait :

— Monsieur Madeleine, je n'ai jamais connu qu'un seul homme capable de faire ce que vous demandez là.

Madeleine tressaillit.

Javert ajouta avec un air d'indifférence, mais sans quitter des yeux Madeleine :

— C'était un forçat. Du bagne de Toulon.

Madeleine devint pâle.

Cependant la charrette continuait à s'enfoncer lentement.

— Ah ! voilà que ça m'écrase ! cria le vieillard.

Madeleine leva la tête, rencontra l'œil de faucon de Javert toujours attaché sur lui, regarda les paysans immobiles, et sourit tristement. Puis, sans dire une parole, il tomba à genoux, et avant même que la foule eût le temps de jeter un cri, il était sous la voiture.

Il y eut un affreux moment d'attente et de silence.

Les assistants haletaient.

Tout à coup on vit l'énorme masse s'ébranler, la charrette se soulevait lentement. On entendit une voix étouffée qui criait : Dépêchez-vous ! aidez ! C'était Madeleine qui venait de faire un dernier effort.

Ils se précipitèrent. Le dévouement d'un seul avait donné de la force et du courage à tous. La charrette fut enlevée par vingt bras. Le vieux Fauchelevent était sauvé.

Madeleine se releva. Il était blême, quoique ruisselant de sueur. Ses habits étaient déchirés et couverts de boue. Le vieillard lui baisait les genoux et l'appelait le bon Dieu. Lui, il avait sur le visage je ne sais quelle expression de souffrance heureuse et céleste, et il fixait son œil tranquille sur Javert qui le regardait toujours.

Fauchelevent s'était démis la rotule dans sa chute. Le père Madeleine le fit transporter dans une infirmerie qu'il avait établie pour ses ouvriers dans le bâtiment même de sa fabrique et qui était desservie par deux sœurs de charité. Le lendemain matin, le vieillard trouva un billet de mille francs sur sa table de nuit, avec ce mot de la main du père Madeleine : *Je vous achète votre charrette et votre cheval.* La charrette était brisée et le cheval était mort. Fauchelevent guérit, mais son genou resta ankylosé. M. Madeleine, par les recommandations des sœurs et de son curé, fit placer le bonhomme comme jardinier dans un couvent de femmes du quartier Saint-Antoine à Paris.

Quelque temps après, M. Madeleine fut nommé maire. La première fois que Javert vit M. Madeleine revêtu de l'écharpe qui lui donnait toute autorité sur la ville, il éprouva cette sorte de frémissement qu'éprouverait un dogue qui flairerait un loup sous les habits de son maître. A partir de ce moment, il l'évita le plus qu'il put. Quand le service l'exigeait impérieusement et qu'il ne pouvait faire autrement que de se trouver avec M. le maire, il lui parlait avec un respect profond.

Lorsque Fantine revint à Montreuil-sur-Mer, personne ne se souvenait plus d'elle. Heureusement la porte de la fabrique de M. Madeleine était comme un visage ami. Elle s'y présenta, et fut admise dans l'atelier des femmes. Le métier était tout nouveau pour Fantine, elle n'y pouvait être bien adroite, elle ne tirait donc de sa journée de travail que peu de chose, mais enfin cela suffisait, le problème était résolu, elle gagnait sa vie.

12

Fantine est congédiée

Quand Fantine vit qu'elle vivait, elle eut un moment de joie. Vivre honnêtement de son travail, quelle grâce du ciel ! Le goût du travail lui revint vraiment. Elle acheta un miroir, se réjouit d'y regarder sa jeunesse, ses beaux cheveux et ses belles dents, oublia beaucoup de choses, ne songea plus qu'à sa Cosette et à l'avenir possible, et fut presque heureuse. Elle loua une petite chambre et la meubla à crédit sur son travail futur.

Ne pouvant pas dire qu'elle était mariée, elle s'était bien gardée, comme nous l'avons déjà fait entrevoir, de parler de sa petite fille.

En ces commencements, on l'a vu, elle payait exactement les Thénardier. Comme elle ne savait que signer, elle était obligée de leur écrire par un écrivain public.

Elle écrivait souvent. Cela fut remarqué. On commença à dire tout bas dans l'atelier des femmes que Fantine « écrivait des lettres » et qu'« elle avait des allures ».

On observa donc Fantine.

Avec cela, plus d'une était jalouse de ses cheveux blonds et de ses dents blanches.

On constata que dans l'atelier, au milieu des autres, elle se détournait souvent pour essuyer une larme. C'étaient les moments où elle songeait à son enfant ; peut-être aussi à l'homme qu'elle avait aimé.

On constata qu'elle écrivait, au moins deux fois par mois, toujours à la même adresse, et qu'elle affranchissait la lettre. On parvint à se procurer l'adresse : *Monsieur Thénardier, aubergiste, à Montfermeil.* On fit jaser au cabaret l'écrivain public, vieux bonhomme qui ne pouvait pas emplir son estomac de vin rouge sans vider sa poche aux secrets. Bref, on sut que Fantine avait un enfant.

Fantine était depuis plus d'un an à la fabrique, lorsqu'un matin la surveillante de l'atelier lui remit, de la part de M. le maire, cinquante francs, en lui disant qu'elle ne faisait plus partie de l'atelier et en l'engageant, de la part de M. le maire, à quitter le pays.

C'était précisément dans ce même mois que les Thénardier, après avoir demandé douze francs au lieu de six, venaient d'exiger quinze francs au lieu de douze.

Fantine fut atterrée. Elle ne pouvait s'en aller du pays, elle devait son loyer et ses meubles. Cinquante francs ne suffisaient pas pour acquitter cette dette. Elle balbutia quelques mots suppliants. La surveillante lui signifia qu'elle eût à sortir sur-le-champ de l'atelier. Fantine n'était du reste qu'une ouvrière médiocre. Accablée de honte plus encore que de désespoir, elle quitta l'atelier et rentra dans sa chambre. Sa faute était donc maintenant connue de tous !

Elle ne se sentit plus la force de dire un mot. On lui conseilla de voir M. le maire ; elle n'osa pas. M. le maire lui donnait cinquante francs, parce qu'il était bon, et la chassait, parce qu'il était juste. Elle plia sous cet arrêt.

Du reste, M. Madeleine n'avait rien su de tout cela. M. Madeleine avait pour habitude de n'entrer presque jamais dans l'atelier des femmes. Il avait mis à la tête de cet atelier une vieille fille, que le curé lui avait donnée, et il avait toute confiance dans cette surveillance, personne vraiment respectable, ferme, équitable, intègre, remplie de la charité qui consiste à donner, mais n'ayant pas au même degré la charité qui consiste à comprendre et à pardonner. M. Madeleine se remettait de tout sur elle. Les meilleurs hommes sont souvent forcés de déléguer leur autorité. C'est dans cette pleine puissance et avec la conviction qu'elle faisait bien, que la surveillante avait instruit le procès, jugé, condamné et exécuté Fantine.

Quant aux cinquante francs, elle les avait donnés sur une somme que M. Madeleine lui confiait pour aumônes et secours aux ouvrières et dont elle ne rendait pas compte.

Fantine s'offrit comme servante dans le pays; elle alla d'une maison à l'autre. Personne ne voulut d'elle. Elle n'avait pu quitter la ville. Le marchand fripier auquel elle devait ses meubles, quels meubles! lui avait dit : Si vous vous en allez, je vous fais arrêter comme voleuse. Elle partagea les cinquante francs entre le propriétaire et le fripier, rendit au marchand les trois quarts de son mobilier, ne garda que le nécessaire, et se trouva sans travail, sans état, n'ayant plus que son lit, et devant encore environ cent francs.

Elle se mit à coudre de grosses chemises pour les soldats de la garnison, et gagnait douze sous par jour. Sa fille lui en coûtait dix. C'est en ce moment qu'elle commença à mal payer les Thénardier.

Cependant une vieille femme qui lui allumait sa chandelle quand elle rentrait le soir, lui enseigna l'art de vivre dans la misère. Derrière vivre de peu, il y a vivre de rien. Ce sont deux chambres; la première est obscure, la seconde est noire.

Fantine apprit comment on se passe tout à fait de feu en hiver, comment on renonce à un oiseau qui vous mange un liard de millet tous les deux jours, comment on fait de son jupon sa couverture et de sa couverture son jupon, comment on ménage sa chandelle en prenant son repas à la lumière de la fenêtre d'en face. On ne sait pas tout ce que certains êtres faibles, qui ont vieilli dans le dénuement et l'honnêteté, savent tirer d'un sou. Cela finit par être un talent. Fantine acquit ce sublime talent et reprit un peu de courage.

Dans cette détresse, avoir sa petite fille eût été un étrange bonheur. Elle songea à la faire venir. Mais quoi! lui faire partager son dénuement! Et puis, elle devait aux Thénardier! comment s'acquitter? Et le voyage! comment le payer?

L'excès de travail fatiguait Fantine, et la petite toux sèche qu'elle avait augmenta. Elle disait quelquefois à sa voisine : — Tâtez donc comme mes mains sont chaudes.

Cependant le matin, quand elle peignait avec un vieux peigne cassé ses beaux cheveux qui ruisselaient comme de la soie floche, elle avait une minute de coquetterie heureuse.

Elle avait été congédiée vers la fin de l'hiver; l'été se passa, mais l'hiver revint. Jours courts, moins de travail. L'hiver, point de chaleur, le soleil a l'air d'un pauvre. L'affreuse saison! L'hiver change en pierre l'eau du ciel et le cœur de l'homme. Ses créanciers la harcelaient.

Fantine gagnait trop peu. Ses dettes avaient grossi. Les Thénardier, mal payés, lui écrivaient à chaque instant des lettres dont le contenu la désolait et dont le port la ruinait. Un jour ils lui écrivirent que sa petite Cosette était toute nue par le froid qu'il faisait, qu'elle avait besoin d'une jupe de laine, et qu'il fallait au moins que la mère envoyât dix francs pour cela. Elle reçut la lettre, et la froissa dans ses mains tout le jour. Le soir elle entra chez un barbier qui habitait le coin de la rue, et défit son peigne. Ses admirables cheveux blonds lui tombèrent jusqu'aux reins.

— Les beaux cheveux ! s'écria le barbier.

— Combien m'en donneriez-vous ? dit-elle.

— Dix francs.

— Coupez-les.

Elle acheta une jupe de tricot et l'envoya aux Thénardier.

Cette jupe fit les Thénardier furieux. C'était de l'argent qu'ils voulaient. Ils donnèrent la jupe à Éponine. La pauvre Alouette continua de frissonner.

Un travail ténébreux se faisait dans le cœur de Fantine. Quand elle vit qu'elle ne pouvait plus se coiffer, elle commença à tout prendre en haine autour d'elle. Elle avait longtemps partagé la vénération de tous pour le père Madeleine ; cependant, à force de se répéter que c'était lui qui l'avait chassée, et qu'il était la cause de son malheur, elle en vint à le haïr lui aussi, lui surtout. Quand elle passait devant la fabrique aux heures où les ouvriers sont sur la porte, elle affectait de rire et de chanter.

Un jour elle reçut des Thénardier une lettre ainsi conçue : « Cosette est malade d'une maladie qui est dans le pays. Une fièvre militaire, qu'ils appellent. Il faut des drogues chères. Cela nous ruine et nous ne pouvons plus payer. Si vous ne nous envoyez pas quarante francs avant huit jours, la petite est morte. » Elle se mit à rire aux éclats, et elle dit à sa vieille voisine : — Ah ! ils sont bons ! quarante francs ! que ça ! ça fait deux napoléons ! Où veulent-ils que je les prenne ? Sont-ils bêtes, ces paysans !

Cependant elle alla dans l'escalier près d'une lucarne et relut la lettre.

Puis elle descendit l'escalier et sortit en courant. Comme elle passait sur la place, elle vit beaucoup de monde qui entourait une voiture de forme bizarre, sur l'impériale de laquelle pérorait tout debout un homme vêtu de rouge. C'était un bateleur dentiste en tournée.

Fantine se mêla au groupe et se mit à rire comme les autres de cette harangue. L'arracheur de dents vit cette belle fille qui riait, et s'écria tout à coup : — Vous avez de jolies dents, la fille qui riez là. Si vous voulez me vendre vos deux palettes, je vous donne de chaque un napoléon d'or.

— Qu'est-ce que c'est que ça, mes palettes ? demanda Fantine.

— Les palettes, reprit le professeur dentiste, c'est les dents de devant, les deux d'en haut.

— Quelle horreur ! s'écria Fantine.

Fantine s'enfuit et se boucha les oreilles pour ne pas entendre la voix enrouée de l'homme qui lui criait : — Réfléchissez, la belle ! deux napoléons, ça peut servir. Si le cœur vous en dit, venez ce soir à l'auberge du *Tillac d'argent*, vous m'y trouverez.

Fantine rentra, elle était furieuse et conta la chose à sa bonne voisine : — Comprenez-vous cela? ne voilà-t-il pas un abominable homme? comment laisse-t-on des gens comme cela aller dans le pays! M'arracher mes deux dents de devant! mais je serais horrible! Les cheveux repoussent, mais les dents! Ah! le monstre d'homme! j'aimerais mieux me jeter d'un cinquième la tête la première sur le pavé! Il m'a dit qu'il serait ce soir au *Tillac d'argent*.

— Et qu'est-ce qu'il offrait? demanda la voisine.

— Deux napoléons.

— Cela fait quarante francs.

— Oui, dit Fantine, cela fait quarante francs.

Elle resta pensive, et se mit à son ouvrage. Au bout d'un quart d'heure, elle quitta sa couture et alla relire la lettre des Thénardier sur l'escalier.

Le soir elle descendit, et on la vit qui se dirigeait du côté de la rue de Paris où sont les auberges.

Le lendemain matin, comme la voisine entrait dans la chambre de Fantine avant le jour, car elles travaillaient toujours ensemble et de cette façon n'allumaient qu'une chandelle pour deux, elle trouva Fantine assise sur son lit, pâle, glacée. Elle ne s'était pas couchée. Son bonnet était tombé sur ses genoux. La chandelle avait brûlé toute la nuit et était presque entièrement consumée.

Elle regarda Fantine qui tournait vers elle sa tête sans cheveux.

Fantine depuis la veille avait vieilli de dix ans.

— Jésus ! fit la voisine, qu'est-ce que vous avez, Fantine ?

— Je n'ai rien, répondit Fantine. Au contraire. Mon enfant ne mourra pas de cette affreuse maladie faute de secours. Je suis contente.

En parlant ainsi, elle montrait à la vieille fille deux napoléons qui brillaient sur la table.

En même temps elle sourit. La chandelle éclairait son visage. C'était un sourire sanglant. Une salive rougeâtre lui souillait le coin des lèvres, et elle avait un trou noir dans la bouche.

Elle envoya les quarante francs à Montfermeil.

Du reste c'était une ruse des Thénardier pour avoir de l'argent. Cosette n'était pas malade.

Fantine jeta son miroir par la fenêtre. Depuis longtemps elle avait quitté sa cellule du second pour une mansarde fermée d'un loquet sous le toit ; un de ces galetas dont le plafond fait angle avec le plancher et vous heurte à chaque instant la tête. Le pauvre ne peut aller au fond de sa chambre comme au fond de sa destinée qu'en se courbant de plus en plus. Elle n'avait plus de lit, il lui restait une loque qu'elle appelait sa couverture, un matelas à terre et une chaise dépaillée. Un petit rosier qu'elle avait s'était desséché dans un coin, oublié. Elle avait perdu la honte, elle perdit la coquetterie. Elle sortait avec des bonnets sales. Soit faute de temps, soit indifférence, elle ne raccommodait plus son linge. Elle passait des nuits à pleurer et à songer. Elle avait les yeux très brillants, et elle sentait une douleur fixe dans l'épaule, vers le haut de l'omoplate gauche. Elle toussait beaucoup. Elle haïssait profondément le père Madeleine, et ne se plaignait pas. Elle cousait dix-sept heures par jour ; mais un entrepreneur du travail des prisons qui faisait travailler les prisonnières au rabais, fit tout à coup baisser les prix, ce qui réduisit la journée des ouvrières libres à neuf sous.

Elle se sentait traquée et il se développait en elle quelque chose de la bête farouche. Vers le même temps, le Thénardier lui écrivit que décidément il avait attendu avec beaucoup trop de bonté, et qu'il lui fallait cent francs tout de suite ; sinon qu'il mettrait à la porte la petite Cosette, toute convalescente de sa grande maladie, par le froid, par les chemins, et qu'elle deviendrait ce qu'elle pourrait, et qu'elle crèverait, si elle voulait. — Cent francs, songea Fantine. Mais où y a-t-il un état à gagner cent sous par jour ?

— Allons ! dit-elle, vendons le reste.

L'infortunée se fit fille publique.

13

L'arrestion de Fantine

Dans ce temps-là, un élégant d'une petite ville se composait d'un grand col, d'une grande cravate, d'une montre à breloques, de trois gilets superposés de couleurs différentes, d'un habit couleur olive à taille courte, à queue de morue, à double rangée de boutons d'argent serrés les uns contre les autres et montant jusque sur l'épaule, et d'un pantalon olive plus clair. Ajoutez à cela des souliers-bottes avec de petits fers au talon, un chapeau à haute forme et à bords étroits, des cheveux en touffe, une énorme canne. Sur le tout des éperons et des moustaches. A cette époque, des moustaches voulaient dire bourgeois et des éperons voulaient dire piéton.

Hui ou dix mois après ce qui a été raconté, vers les premiers jours de janvier 1823, un soir qu'il avait neigé, un de ces élégants se divertissait à harceler une créature qui rôdait en robe de bal et toute décolletée avec des fleurs sur la tête devant la vitre du café des officiers. Cet élégant fumait, car c'était décidément la mode.

Chaque fois que cette femme passait devant lui, il lui jetait : — Que tu es laide! Veux-tu te cacher! — Tu n'as pas de dents! etc., etc. — Ce monsieur s'appelait M. Bamatabois. La femme, triste spectre paré, ne lui répondait pas, ne le regardait même pas. Ce peu d'effet piqua sans doute l'oisif qui, profitant d'un moment où elle se retournait, s'avança derrière elle à pas de loup et en étouffant son rire, se baissa, prit sur le pavé une poignée de neige et la lui plongea brusquement dans le dos entre ses deux épaules nues. La fille poussa un rugissement, se tourna, bondit comme une panthère, et se rua sur l'homme, lui enfonçant ses ongles dans le visage, avec d'effroyables paroles. Ces injures, vomies d'une voix enrouée par l'eau-de-vie, sortaient d'une bouche à laquelle manquaient en effet les deux dents de devant. C'était la Fantine.

Au bruit que cela fit, les officiers sortirent en foule du café, les passants s'amassèrent, et il se forma un grand cercle riant, huant et applaudissant, autour de ce tourbillon composé de deux êtres où l'on avait peine à reconnaître un homme et une femme, l'homme se débattant, son chapeau à terre, la femme frappant des pieds et des poings.

Tout à coup un homme de haute taille sortit vivement de la foule, saisit la femme à son corsage de satin couvert de boue, et lui dit : — Suis-moi!

La femme leva la tête; sa voix furieuse s'éteignit subitement. Ses yeux étaient vitreux, de livide elle était devenue pâle, et elle tremblait d'un tremblement de terreur. Elle avait reconnu Javert.

L'élégant avait profité de l'incident pour s'esquiver.

Javert écarta les assistants, rompit le cercle et se mit à marcher à grands pas vers le bureau de police qui est à l'extrémité de la place, traînant après lui la misérable.

Arrivé au bureau de police qui était une salle basse chauffée par un poêle et gardée par un poste, avec une porte vitrée et grillée sur la rue, Javert ouvrit la porte, entra avec la Fantine, et referma la porte derrière lui, au grand désappointement des curieux.

En entrant, la Fantine alla tomber dans un coin, immobile et muette, accroupie comme une chienne qui a peur.

Le sergent du poste apporta une chandelle allumée sur une table. Javert s'assit, tira de sa poche une feuille de papier timbrée et se mit à écrire.

Quand il eut fini, il signa, plia le papier et dit au sergent du poste, en le lui remettant : — Prenez trois hommes, et menez cette fille au bloc. — Puis se tournant vers la Fantine : Tu en as pour six mois.

La Fantine tressaillit.

— Six mois! six mois de prison! cria-t-elle. Six

mois à gagner sept sous par jour! Mais que deviendra Cosette? ma fille! ma fille! Mais je dois encore plus de cent francs aux Thénardier, monsieur l'inspecteur, savez-vous cela?

Elle se traîna sur la dalle mouillée par les bottes boueuses de tous ces hommes, en joignant les mains.

— Monsieur Javert, dit-elle, je vous demande grâce. Je vous assure que je n'ai pas eu tort. Si vous aviez vu le commencement, vous auriez vu. Je vous jure le bon Dieu que je n'ai pas eu tort. C'est ce monsieur le bourgeois que je ne connais pas qui m'a mis de la neige dans le dos. Est-ce qu'on a le droit de nous mettre de la neige dans le dos quand nous passons comme cela tranquillement sans faire de mal à personne? Cela m'a saisie. Je suis un peu malade, voyez-vous! Et puis il y avait déjà un peu de temps qu'il me disait : tu es laide! tu n'as pas de dents! Je le sais bien que je n'ai plus mes dents! Je ne faisais rien, moi; je disais : c'est un monsieur qui s'amuse. J'étais honnête avec lui, je ne lui parlais pas. C'est à cet instant-là qu'il m'a mis de la neige. Monsieur Javert, mon bon monsieur l'inspecteur! est-ce qu'il n'y a personne là qui ait vu pour vous dire que c'est bien vrai? J'ai peut-être eu tort de me fâcher. Vous savez, dans le premier moment, on n'est pas maître. On a des vivacités. Et puis, quelque chose de si froid qu'on vous met dans le dos à l'heure que vous ne vous y attendez pas. J'ai eu tort d'abîmer le chapeau de ce monsieur. Pourquoi s'est-il en allé? je lui demanderais pardon. Faites-moi grâce pour aujourd'hui cette fois, monsieur Javert. Dans les prisons on ne gagne que sept sous, et figurez-vous que j'ai cent francs à payer, ou autrement on me renverra ma petite. O ma Cosette, ô mon petit ange de la bonne sainte vierge, qu'est-ce qu'elle deviendra, pauvre loup! Je vais vous dire, c'est les Thénardier, des aubergistes, des paysans, ça n'a pas de raisonnement. Il leur faut de l'argent. Ne me mettez pas en prison! Voyez-vous, c'est une petite qu'on mettrait à même sur la grande route, va comme tu pourras, en plein cœur d'hiver, il faut avoir pitié de cette chose-là, mon bon monsieur Javert. Je ne suis pas une mauvaise femme au fond. Ce n'est pas la lâcheté et la gourmandise qui ont fait de moi ça. J'ai bu de l'eau-de-vie, c'est par misère. Je ne l'aime pas, mais cela étourdit. Quand j'étais plus heureuse, on aurait bien vu que je n'étais pas une femme coquette qui a du désordre. Ayez pitié de moi, monsieur Javert!

Elle parlait ainsi, brisée en deux, secouée par les sanglots, aveuglée par les larmes.

— Allons! dit Javert, je t'ai écoutée. As-tu bien tout dit? Marche à présent! Tu as tes six mois; et Javert tourna le dos.

Les soldats la saisirent par le bras.

Depuis quelques minutes, un homme était entré sans qu'on eût pris garde à lui. Il avait refermé la porte, s'y était adossé, et avait entendu les prières désespérées de la Fantine.

Au moment où les soldats mirent la main sur la malheureuse, qui ne voulait pas se lever, il fit un pas, sortit de l'ombre, et dit :

— Un instant, s'il vous plaît !

Javert leva les yeux et reconnut M. Madeleine. Il ôta son chapeau, et saluant avec une sorte de gaucherie fâchée :

— Pardon, monsieur le maire...

Ce mot, monsieur le maire, fit sur la Fantine un effet étrange. Elle se dressa debout tout d'une pièce comme un spectre qui sort de terre, repoussa les soldats des deux bras, marcha droit à M. Madeleine avant qu'on eût pu la retenir, et le regardant fixement, l'air égaré, elle cria :

— Ah ! c'est donc toi qui es monsieur le maire !

Puis elle éclata de rire et lui cracha au visage.

M. Madeleine s'essuya le visage et dit :

— Inspecteur Javert, mettez cette femme en liberté.

Javert se sentit au moment de devenir fou. Voir une fille publique cracher au visage d'un maire, cela était une chose si monstrueuse que, dans ses suppositions les plus effroyables, il eût regardé comme un sacrilège de le croire possible. Mais quand il vit ce maire, ce magistrat, s'essuyer tranquillement le visage et dire : *mettez cette femme en liberté*, il eut comme un éblouissement de stupeur ; la pensée et la parole lui manquèrent.

Ce mot n'avait pas porté un coup moins étrange à la Fantine. Elle leva son bras nu et se cramponna à la

clef du poêle comme une personne qui chancelle. Cependant elle regardait tout autour d'elle et elle se mit à parler à voix basse, comme si elle se parlait à elle-même.

— En liberté ! qu'on me laisse aller ! que je n'aille pas en prison six mois ! Qui est-ce qui a dit cela ? Il n'est pas possible qu'on ait dit cela. J'ai mal entendu. Ça ne peut pas être ce monstre de maire ! Est-ce que c'est vous, mon bon monsieur Javert, qui avez dit qu'on me mette en liberté ? Oh ! voyez-vous ! je vais vous dire et vous me laisserez aller. Ce monstre de maire, ce vieux gredin de maire, c'est lui qui est la cause de tout. Figurez-vous, monsieur Javert, qu'il m'a chassée ! à cause d'un tas de gueuses qui tiennent des propos dans l'atelier. Si ce n'est pas là une horreur ! renvoyer une pauvre fille qui fait honnêtement son ouvrage ! Alors je n'ai plus gagné assez, et tout le malheur est venu. Moi, j'avais ma petite Cosette, j'ai bien été forcée de devenir une mauvaise femme. Vous comprenez à présent que c'est ce gueux de maire qui a fait tout le mal. Après cela, j'ai piétiné le chapeau de ce monsieur bourgeois devant le café des officiers. Mais lui, il m'avait perdu toute ma robe avec de la neige. Voyez-vous, je n'ai jamais fait de mal exprès, vrai, monsieur Javert, et je vois partout des femmes bien plus méchantes que moi qui sont bien plus heureuses. Prenez des informations, on vous dira bien que je suis honnête. Ah ! mon Dieu, je vous demande pardon, j'ai touché sans faire attention, à la clef du poêle, et cela fait fumer.

M. Madeleine l'écoutait avec une attention profonde.

— Combien avez-vous dit que vous deviez?

La Fantine, qui ne regardait que Javert, se tourna de son côté :

— Est-ce que je te parle, à toi!

Puis elle se tourna à nouveau vers l'inspecteur :

— Monsieur Javert! on me fera tout ce qu'on voudra maintenant, je ne bougerai plus. Seulement, aujourd'hui, voyez-vous, j'ai crié parce que cela m'a fait mal, je ne m'attendais pas du tout à cette neige de ce monsieur, et puis, je vous ai dit, je ne me porte pas très bien, je tousse, j'ai là dans l'estomac comme une boule qui me brûle, que le médecin me dit : soignez-vous. Tenez, tâtez, donnez votre main, n'ayez pas peur, c'est ici.

Elle ne pleurait plus, sa voix était caressante, elle appuyait sur sa gorge blanche et délicate la grosse main rude de Javert, et elle le regardait en souriant.

Tout à coup elle rajusta vivement le désordre de ses vêtements, fit retomber les plis de sa robe qui en se traînant s'était relevée presque à la hauteur du genou, et marcha vers la porte en disant à demi-voix aux soldats avec un signe de tête amical :

— Les enfants, monsieur l'inspecteur a dit qu'on me lâche, je m'en vas.

Elle mit la main sur le loquet. Un pas de plus elle était dans la rue.

Javert jusqu'à cet instant était resté debout, immobile, l'œil fixé à terre, posé de travers au milieu de cette scène comme une statue dérangée qui attend qu'on la mette quelque part.

Le bruit que fit le loquet le réveilla. Il releva la tête avec une expression d'autorité souveraine.

— Sergent, cria-t-il, vous ne voyez pas que cette drôlesse s'en va ! Qui est-ce qui vous a dit de la laisser aller ?

— Moi, dit Madeleine.

La Fantine à la voix de Javert avait tremblé et lâché le loquet comme un voleur pris lâche l'objet volé. A la voix de Madeleine, elle se retourna, et à partir de ce moment, sans qu'elle prononçât un mot, sans qu'elle osât même laisser sortir son souffle librement, son regard alla tour à tour de Madeleine à Javert et de Javert à Madeleine, selon que c'était l'un ou l'autre qui parlait.

Quand M. Madeleine eut dit ce *moi* qu'on vient d'entendre, on vit l'inspecteur de police Javert se tourner vers M. le maire, pâle, froid, les lèvres bleues, le regard désespéré, tout le corps agité d'un tremblement imperceptible, et chose inouïe, lui dire, l'œil baissé, mais la voix ferme :

— Monsieur le maire, cela ne se peut pas.

— Comment ? dit M. Madeleine.

— Cette malheureuse a insulté un bourgeois.

— Inspecteur Javert, repartit M. Madeleine avec un accent conciliant et calme, écoutez. Vous êtes un honnête homme, et je ne fais nulle difficulté de m'expliquer avec vous. Voici le vrai. Je passais sur la place comme vous emmeniez cette femme, il y avait encore des groupes, je me suis informé, j'ai tout su, c'est le bourgeois qui a eu tort et qui, en bonne police, eût dû être arrêté.

Javert reprit :

— Cette misérable vient d'insulter M. le maire.

— Ceci me regarde, dit M. Madeleine. Mon injure est à moi peut-être. J'en puis faire ce que je veux.

— Je demande pardon à M. le maire. Son injure n'est pas à lui, elle est à la justice.

— Inspecteur Javert, répliqua M. Madeleine, la première justice, c'est la conscience. Je sais ce que je fais. Alors contentez-vous d'obéir.

— J'obéis à mon devoir. Mon devoir veut que cette femme fasse six mois de prison.

M. Madeleine répondit avec douceur :

— Écoutez bien ceci. Elle n'en fera pas un jour.

A cette parole décisive, Javert osa regarder le maire fixement et lui dit, mais avec un ton de voix toujours profondément respectueux :

— Je suis au désespoir de résister à M. le maire, c'est la première fois de ma vie, mais il daignera me permettre de lui faire observer que je suis dans la limite de mes attributions. C'est un fait de police de la rue qui me regarde, et je retiens la femme Fantine.

Alors M. Madeleine croisa les bras et dit avec une voix sévère que personne dans la ville n'avait encore entendue :

— Le fait dont vous parlez est un fait de police

municipale. Aux termes des articles neuf, onze, quinze et soixante-six du code d'instruction criminelle, j'en suis juge. J'ordonne que cette femme soit mise en liberté.

Javert voulut tenter un dernier effort.

— Mais, monsieur le maire...

— Je vous rappelle, à vous, l'article quatre-vingt-un de la loi du 13 décembre 1799 sur la détention arbitraire.

— Monsieur le maire, permettez...

— Plus un mot. Sortez, dit M. Madeleine.

Javert reçut le coup, debout, de face, et en pleine poitrine comme un soldat russe. Il salua jusqu'à terre M. le maire, et sortit.

Fantine se rangea de la porte et le regarda avec stupeur passer devant elle.

Quand Javert fut sorti, M. Madeleine se tourna vers elle, et lui dit avec une voix lente, ayant peine à parler comme un homme sérieux qui ne veut pas pleurer :

— Je vous ai entendue. Je ne savais rien de ce que vous avez dit. Je crois que c'est vrai. J'ignorais même que vous eussiez quitté mes ateliers. Pourquoi ne vous êtes-vous pas adressée à moi? Mais voici : je payerai vos dettes, je ferai venir votre enfant, ou vous irez la rejoindre. Vous ne travaillerez plus, si vous voulez. Je vous donnerai tout l'argent qu'il vous faudra. Vous redeviendrez honnête en redevenant heureuse. Et même, écoutez, je vous le déclare dès à présent, si tout est comme vous le dites, et je n'en doute pas, vous n'avez jamais cessé d'être vertueuse et sainte devant Dieu. Oh! pauvre femme!

C'en était plus que la pauvre Fantine n'en pouvait supporter. Avoir Cosette! sortir de cette vie infâme! vivre libre, riche, heureuse, honnête, avec Cosette! Elle regardait comme hébétée cet homme qui lui parlait, et ne put que jeter deux ou trois sanglots. Ses jarrets plièrent, elle se mit à genoux devant M. Madeleine, et, avant qu'il eût pu l'en empêcher, il sentit qu'elle lui prenait la main et que ses lèvres s'y posaient. Puis elle s'évanouit.

M. Madeleine fit transporter la Fantine à cette infirmerie qu'il avait dans sa propre maison. Il la confia aux sœurs qui la mirent au lit. Une fièvre ardente était survenue. Elle passa une partie de la nuit à délirer et à parler haut. Cependant elle finit par s'endormir.

Le lendemain vers midi Fantine se réveilla, elle entendit une respiration tout près de son lit, elle écarta son rideau, et vit M. Madeleine debout qui regardait quelque chose au-dessus de sa tête. Ce regard était plein de pitié et d'angoisse et suppliait. Elle en suivit la direction et vit qu'il s'adressait à un crucifix cloué au mur.

M. Madeleine était désormais transfiguré aux yeux de Fantine. Il lui paraissait enveloppé de lumière. Il était absorbé dans une sorte de prière. Elle le considéra longtemps sans oser l'interrompre. Enfin elle lui dit timidement :

— Que faites-vous donc là?

M. Madeleine était à cette place depuis une heure. Il attendait que Fantine se réveillât. Il lui prit la main, lui tâta le pouls, et répondit :

— Comment êtes-vous?

— Bien, j'ai dormi, dit-elle. Je crois que je vais mieux. Ce ne sera rien.

M. Madeleine avait passé la nuit et la matinée à s'informer. Il savait tout maintenant. Il connaissait dans tous ses poignants détails l'histoire de Fantine.

Il soupira profondément. Elle cependant lui souriait avec ce sublime sourire auquel il manquait deux dents.

M. Madeleine se hâta d'écrire aux Thénardier. Fantine leur devait cent vingt francs. Il leur envoya trois cents francs, en leur disant de se payer sur cette somme et d'amener tout de suite l'enfant à Montreuil-sur-Mer où sa mère malade la réclamait.

Ceci éblouit le Thénardier.

— Diable! dit-il à sa femme, ne lâchons pas l'enfant. Voilà que cette mauviette va devenir une vache à lait. Je devine. Quelque jocrisse se sera amouraché de la mère.

Il riposta par un mémoire de cinq cents et quelques francs fort bien fait. Dans ce mémoire deux notes incontestables, l'une d'un médecin, l'autre d'un apothicaire, lesquels avaient soigné et médicamenté dans deux longues maladies Éponine et Azelma. Cosette, nous l'avons dit, n'avait pas été malade. Ce fut l'affaire d'une toute petite substitution de noms.

M. Madeleine envoya tout de suite trois cents autres francs et écrivit : Dépêchez-vous d'amener Cosette.

— Christi ! dit le Thénardier, ne lâchons pas l'enfant.

Cependant Fantine ne se rétablissait point. Elle était toujours à l'infirmerie.

Les sœurs n'avaient d'abord reçu et soigné « cette fille » qu'avec répugnance. Mais, en peu de jours, Fantine les avait désarmées. Elle avait toutes sortes de paroles humbles et douces, et la mère qui était en elle attendrissait.

M. Madeleine l'allait voir deux fois par jour, et chaque fois elle lui demandait :

— Verrai-je bientôt ma Cosette ?

Il lui répondait :

— Peut-être demain matin. D'un moment à l'autre elle arrivera, je l'attends.

Et le visage pâle de la mère rayonnait.

L'état de Fantine semblait s'aggraver de semaine en semaine. Cette poignée de neige appliquée à nu sur la peau entre les deux omoplates avait déterminé une suppression subite de transpiration à la suite de laquelle la maladie qu'elle couvait depuis plusieurs années finit par se déclarer violemment. Le médecin ausculta la Fantine et hocha la tête.

M. Madeleine dit au médecin :

— Eh bien ?

— N'a-t-elle pas un enfant qu'elle désire voir? dit le médecin.

— Oui.

— Eh bien, hâtez-vous de le faire venir.

M. Madeleine eut un tressaillement.

Fantine lui demanda :

— Qu'a dit le médecin?

— Il a dit de faire venir bien vite votre enfant. Que cela vous rendra la santé.

— Oh! reprit-elle, il a raison! Mais qu'est-ce qu'ils ont donc ces Thénardier à me garder ma Cosette!

Le Thénardier cependant ne « lâchait pas l'enfant » et donnait cent mauvaises raisons. Cosette était un peu souffrante pour se mettre en route l'hiver. Et puis il y avait un reste de petites dettes criardes dans le pays dont il rassemblait les factures, etc.

— J'enverrai quelqu'un chercher Cosette, dit le père Madeleine. S'il le faut, j'irai moi-même.

Il écrivit sous la dictée de Fantine cette lettre qu'il lui fit signer :

Monsieur Thénardier,

Vous remettrez Cosette à la personne.

On vous payera toutes les petites choses.

J'ai l'honneur de vous saluer avec considération.

FANTINE

Sur ces entrefaites, il survint un grave incident.

14

Tempête sous un crâne

Un matin, M. Madeleine était dans son cabinet, occupé à régler d'avance quelques affaires pressantes de la mairie, lorsqu'on vint lui dire que l'inspecteur de police Javert demandait à lui parler. En entendant prononcer ce nom, M. Madeleine ne put se défendre d'une impression désagréable.

— Faites entrer, dit-il.

Javert entra.

M. Madeleine était resté assis près de la cheminée, une plume à la main, l'œil sur un dossier qu'il feuilletait et qu'il annotait. Il ne se dérangea point pour Javert.

Javert salua respectueusement M. le maire qui lui tournait le dos, fit deux ou trois pas dans le cabinet, et s'arrêta sans rompre le silence.

Enfin M. le maire posa sa plume et se tourna à demi :

— Eh bien ! qu'est-ce? qu'y a-t-il, Javert?

— Il y a, monsieur le maire, qu'un acte coupable a été commis.

— Quel acte?

— Un agent inférieur de l'autorité a manqué de respect à un magistrat de la façon la plus grave. Je viens, comme c'est mon devoir, porter le fait à votre connaissance.

— Quel est cet agent? demanda M. Madeleine.

— Moi, dit Javert.

— Et quel est le magistrat qui aurait à se plaindre de l'agent?

— Vous, monsieur le maire.

M. Madeleine se dressa sur son fauteuil.

— Ah ça ! pourquoi? s'écria-t-il. Quel est ce galimatias? qu'est-ce que cela veut dire? où y a-t-il un acte coupable commis contre moi par vous? qu'est-ce que vous m'avez fait? quels torts avez-vous envers moi?

— Monsieur le maire, il y a six semaines, à la suite de cette scène pour cette fille, j'étais furieux, je vous ai dénoncé. A la préfecture de police de Paris.

M. Madeleine, qui ne riait pas beaucoup plus souvent que Javert, se mit à rire.

— Comme maire ayant empiété sur la police?

— Comme ancien forçat.

Le maire devint livide.

Javert, qui n'avait pas levé les yeux, continua :

— Je le croyais. Depuis longtemps j'avais des idées. Une ressemblance, des renseignements que vous avez fait prendre à Faverolles, votre force des reins, l'aventure du vieux Fauchelevent, votre adresse au tir, votre jambe qui traîne un peu, est-ce que je sais, moi? des bêtises! mais enfin je vous prenais pour un nommé Jean Valjean.

— Un nommé?... Comment dites-vous ce nom-là?

— Jean Valjean. C'est un forçat que j'avais vu il y a vingt ans quand j'étais adjudant-garde-chiourme à Toulon. En sortant du bagne, ce Jean Valjean avait, à ce qu'il paraît, volé chez un évêque, puis il avait commis un autre vol à main armée, dans un chemin public, sur un petit savoyard. Depuis huit ans il s'était dérobé, on ne sait comment, et on le cherchait. Moi je m'étais figuré... — Enfin j'ai fait cette chose! La colère m'a décidé, je vous ai dénoncé à la préfecture.

M. Madeleine, qui avait ressaisi le dossier depuis quelques instants, reprit avec un accent de parfaite indifférence :

— Et que vous a-t-on répondu?

— Que j'étais fou.

— Eh bien?

— Eh bien, on avait raison.

— C'est heureux que vous le reconnaissiez.

— Il faut bien, puisque le véritable Jean Valjean est trouvé.

La feuille que tenait M. Madeleine lui échappa des

mains, il leva la tête, regarda fixement Javert, et dit avec un accent inexprimable : — Ah !

Javert poursuivit :

— Voilà ce que c'est, monsieur le maire. Il paraît qu'il y avait dans le pays, du côté d'Ailly-le-Haut-Clocher, une espèce de bonhomme qu'on appelait le père Champmathieu. C'était très misérable. Dernièrement, cet automne, le père Champmathieu a été arrêté pour un vol de pommes à cidre. On a arrêté mon Champmathieu. Il avait encore la branche de pommier à la main. On coffre le drôle. Mais la geôle étant en mauvais état, M. le juge d'instruction trouve à propos de faire transférer Champmathieu à Arras. Dans cette prison d'Arras, il y a un ancien forçat nommé Brevet qui est détenu pour je ne sais quoi et qu'on a fait guichetier de chambrée parce qu'il se conduit bien. Monsieur le maire, Champmathieu n'est pas plus tôt débarqué que voilà Brevet qui s'écrie : Eh, mais ! je connais cet homme-là. C'est un fagot. Vous êtes Jean Valjean ! — Jean Valjean ! qui ça Jean Valjean ? Le Champmathieu joue l'étonné. — Ne fais donc pas le sinvre, dit Brevet. Tu es Jean Valjean ! Tu as été au bagne de Toulon. Il y a vingt ans. Nous y étions ensemble. — Le Champmathieu nie. Parbleu ! vous comprenez. On approfondit. On me fouille cette aventure-là. Voici ce qu'on trouve. Ce Champmathieu, il y a une trentaine d'années, a été ouvrier émondeur d'arbres dans plusieurs pays, notamment à Faverolles. Là on perd sa trace. Longtemps après on le revoit en Auvergne ; puis à Paris où il dit avoir été charron et avoir eu une fille blanchisseuse, mais cela n'est pas prouvé ; enfin dans ce pays-ci. Or, avant d'aller au bagne pour vol qualifié, qu'était Jean Valjean ? émondeur. Où ? à Faverolles. Autre fait. Ce Valjean s'appelait de son nom de baptême Jean et sa mère se nommait de son nom de famille Mathieu. Quoi de plus naturel que de penser qu'en sortant du bagne il aura pris le nom de sa mère pour se cacher et se sera fait appeler Jean Mathieu ? Il va en Auvergne. De *Jean* la prononciation du pays fait *Chan*, on l'appelle Chan Mathieu. Notre homme se laisse faire et le voilà transformé en Champmathieu. Vous me suivez, n'est-ce pas ? On s'informe à Faverolles. La famille de Jean Valjean n'y est plus. On ne sait plus où elle est. On s'informe à Toulon. Avec Brevet, il n'y a plus que deux forçats qui aient vu Jean Valjean. Ce sont les condamnés à vie Cochepaille et Chenildieu. On les extrait du bagne et on les fait venir. On les confronte au prétendu Champmathieu. Ils n'hésitent pas. Pour eux comme pour Brevet, c'est Jean Valjean. Même âge, il a cinquante-quatre ans, même taille, même air, même homme enfin, c'est lui. C'est en ce moment-là que j'envoyais ma dénonciation à la préfecture de Paris. On me répond que je perds l'esprit et que Jean Valjean est à Arras au pouvoir de la justice. Vous concevez si cela m'étonne, moi qui croyais tenir ici ce même Jean Valjean ! J'écris à M. le juge d'instruction. Il me fait venir, on m'amène le Champmathieu...

— Eh bien? interrompit M. Madeleine.

Javert répondit avec son visage incorruptible et triste :

— Monsieur le maire, la vérité est la vérité. J'en suis fâché, mais c'est cet homme-là qui est Jean Valjean. Moi aussi je l'ai reconnu.

M. Madeleine reprit d'une voix très basse :

— Vous êtes sûr?

Javert se mit à rire de ce rire douloureux qui échappe à une conviction profonde :

— Oh! sûr! Et même, maintenant que je vois le vrai Jean Valjean, je ne comprends pas comment j'ai pu croire autre chose. Je vous demande pardon, monsieur le maire.

En adressant cette parole suppliante et grave, cet homme hautain était à son insu plein de simplicité et de dignité. M. Madeleine ne répondit à sa prière que par cette question brusque :

— Et que dit cet homme?

— Lui, il n'a pas l'air de comprendre, il dit : Je suis Champmathieu, je ne sors pas de là! Il a l'air étonné, il fait la brute, c'est bien mieux. Oh! le drôle est habile. Mais c'est égal, les preuves sont là. Il est reconnu par quatre personnes, le vieux coquin sera condamné. C'est porté aux assises à Arras. Je vais y aller pour témoigner. Je suis cité.

M. Madeleine s'était mis à son bureau, avait ressaisi son dossier. Il se tourna vers Javert :

— Assez, Javert. Au fait, tous ces détails m'intéressent fort peu. Nous perdons notre temps. N'allez-vous pas être absent? ne m'avez-vous pas dit que vous alliez à Arras dans huit ou dix jours?...

— Mais je croyais avoir dit à M. le maire que cela se jugeait demain et que je partais par la diligence cette nuit. L'arrêt sera prononcé au plus tard demain dans la nuit. Mais je n'attendrai pas l'arrêt, qui ne peut manquer. Sitôt ma déposition faite, je reviendrai ici.

— C'est bon, dit M. Madeleine. Et il congédia Javert d'un signe de main.

Javert ne s'en alla pas.

— Pardon, monsieur le maire, dit-il.

— Qu'est-ce encore? demanda M. Madeleine.

— Monsieur le maire, je dois être destitué.

— Javert, vous êtes un homme d'honneur et je vous estime. Vous vous exagérez votre faute. Ceci d'ailleurs est encore une offense qui me concerne. Javert, vous êtes digne de monter et non de descendre. J'entends que vous gardiez votre place.

— Monsieur le maire, je ne puis vous accorder cela. Quant à exagérer, je n'exagère point. Voici comment je raisonne. Je vous ai soupçonné injustement. Cela, ce n'est rien. C'est notre droit à nous autres de soupçonner, quoiqu'il y ait pourtant abus à soupçonner au-dessus de soi. Mais, sans preuves, dans un accès de colère, dans le but de me venger, je vous ai dénoncé comme forçat, vous, un homme respectable, un maire, un magistrat! ceci est grave, très grave. J'ai offensé l'autorité dans votre personne, moi, agent de l'autorité! Monsieur le maire, j'ai souvent été sévère dans ma vie. Pour les autres. C'était juste. Maintenant, si je n'étais pas sévère pour moi, tout ce que j'ai fait de juste deviendrait injuste. Est-ce que je dois m'épargner plus que les autres? Non.

Tout cela était prononcé d'un accent humble, fier, désespéré et convaincu qui donnait je ne sais quelle grandeur bizarre à cet étrange honnête homme.

— Nous verrons, fit M. Madeleine.

Et il lui tendit la main.

Javert recula et dit d'un ton farouche :

— Pardon, monsieur le maire, mais cela ne doit pas être. Un maire ne donne pas la main à un mouchard. Du moment où j'ai mésusé de la police, je ne suis plus qu'un mouchard.

Puis il salua profondément, et se dirigea vers la porte.

Là il se retourna, et, les yeux toujours baissés :

— Monsieur le maire, dit-il, je continuerai le service jusqu'à ce que je sois remplacé, et il sortit.

Dans l'après-midi qui suivit la visite de Javert, M. Madeleine alla voir la Fantine comme d'habitude. Celle-ci l'attendait comme un rayon de soleil.

Avant de pénétrer près de Fantine, il fit demander la sœur Simplice.

Les deux religieuses qui faisaient le service de l'infirmerie s'appelaient sœur Perpétue et sœur Simplice.

La sœur Perpétue était une forte religieuse, patoisant, psalmodiant, bougonnant, brusquant les malades, bourrue avec les mourants, leur jetant presque Dieu au visage, lapidant l'agonie avec des prières en colère, hardie, honnête et rougeaude.

La sœur Simplice était blanche d'une blancheur de cire. Personne n'eût pu dire son âge ; elle n'avait jamais été jeune et semblait ne devoir jamais être vieille. C'était une personne douce, austère, de bonne compagnie, froide, et qui n'avait jamais menti. Elle était presque célèbre pour cela dans la congrégation.

La pieuse fille avait pris en affection Fantine, y sentant probablement de la vertu latente, et s'était dévouée à la soigner presque exclusivement.

M. Madeleine emmena à part la sœur Simplice et lui recommanda Fantine avec un accent singulier dont la sœur se souvint plus tard.

En quittant la sœur, il s'approcha de Fantine. Elle avait ce jour-là beaucoup de fièvre. Dès qu'elle vit M. Madeleine, elle lui demanda :

— Et Cosette ?

Il répondit en souriant :

— Bientôt.

M. Madeleine fut avec Fantine comme à l'ordinaire. Seulement il resta une heure au lieu d'une demi-heure, au grand contentement de Fantine. Il fit mille instances à tout le monde pour que rien ne manquât à la malade. On remarqua qu'il y eut un moment où son visage devint très sombre. Mais cela s'expliqua quand on sut que le médecin s'était penché à son oreille et lui avait dit : — Elle baisse beaucoup.

Puis il rentra à la mairie et le garçon de bureau le vit examiner avec attention une carte routière de France qui était suspendue dans son cabinet.

Le lecteur a sans doute deviné que M. Madeleine n'est autre que Jean Valjean.

Nous n'avons que peu de chose à ajouter à ce que le lecteur connaît déjà de ce qui était arrivé à Jean Valjean depuis l'aventure de Petit-Gervais. A partir de ce moment, on l'a vu, il fut un autre homme. Ce que l'évêque avait voulu faire de lui, il l'exécuta. Ce fut plus qu'une transformation, ce fut une transfiguration.

Il réussit à disparaître, vendit l'argenterie de l'évêque, ne gardant que les flambeaux, comme souvenir, se glissa de ville en ville, traversa la France, vint à Montreuil-sur-Mer, eut l'idée que nous avons dite, accomplit ce que nous avons raconté, parvint à se faire insaisissable et inaccessible, et désormais, établi à Montreuil-sur-Mer, heureux de sentir sa conscience attristée par son passé et la première moitié de son existence démentie par la dernière, il vécut paisible, rassuré et espérant, n'ayant plus que deux pensées : cacher son nom et sanctifier sa vie; échapper aux hommes et revenir à Dieu!

Ainsi, en dépit de toute réserve et de toute prudence, il avait gardé les chandeliers de l'évêque, porté son deuil, appelé et interrogé tous les petits savoyards qui passaient, pris des renseignements sur les familles de Faverolles, et sauvé la vie au vieux Fauchelevent malgré les inquiétantes insinuations de Javert.

Au moment où fut si étrangement articulé par Javert ce nom qu'il avait enseveli sous tant d'épaisseurs, il fut saisi de stupeur et comme enivré par la sinistre bizarrerie de sa destinée.

Il sentit venir sur sa tête des ombres pleines de foudres et d'éclairs. Tout en écoutant parler Javert, il eut une première pensée d'aller, de courir, de se dénoncer, de tirer ce Champmathieu de prison et de s'y mettre : cela fut douloureux et poignant comme une incision dans la chair vive, puis cela passa, et il se dit : Voyons ! voyons ! — Il réprima ce premier mouvement généreux et recula devant l'héroïsme.

Ce qui l'emporta tout d'abord, ce fut l'instinct de la conservation ; il rallia en hâte ses idées, étouffa ses émotions, considéra la présence de Javert, ce grand péril, ajourna toute résolution avec la fermeté de l'épouvante, s'étourdit sur ce qu'il y avait à faire, et reprit son calme comme un lutteur ramasse son bouclier.

Il se rendit comme d'habitude près du lit de douleur de Fantine et prolongea sa visite, par un instinct de bonté, se disant qu'il fallait agir ainsi et la bien recommander aux sœurs pour le cas où il arriverait qu'il eût à s'absenter. Il sentit vaguement qu'il faudrait peut-être aller à Arras, et, sans être le moins du monde décidé à ce voyage, il se dit qu'à l'abri de tout soupçon comme il l'était, il n'y avait point d'inconvénient à être témoin de ce qui se passerait, et il retint un tilbury à Scaufflaire, loueur de chevaux et de cabriolets, afin d'être préparé à tout événement.

Il dîna avec assez d'appétit.

Rentré dans sa chambre il se recueillit. Un moment après il souffla la lumière. Elle le gênait. Alors il posa ses coudes sur la table, appuya la tête sur sa main, et se mit à songer dans les ténèbres.

— Où en suis-je? — Est-ce que je ne rêve pas? — Est-il bien vrai que j'aie vu ce Javert et qu'il m'ait parlé ainsi? — Que peut être ce Champmathieu? — Il me ressemble donc? — Est-ce possible? — Que faire?

Sa tête était brûlante. Il alla à la fenêtre et l'ouvrit toute grande. Il n'y avait pas d'étoiles au ciel. Il revint s'asseoir près de la table.

La première heure s'écoula ainsi.

Peu à peu cependant des linéaments vagues commencèrent à se former et à se fixer dans sa méditation. Il commença par reconnaître que, si extraordinaire et si critique que fût cette situation, il en était tout à fait le maître.

Et puis il se dit : — Qu'en ce moment il avait un remplaçant, qu'il paraissait qu'un nommé Champmathieu avait cette mauvaise chance, et que, quant à lui, présent désormais au bagne dans la personne de ce Champmathieu, présent dans la société sous le nom de M. Madeleine, il n'avait plus rien à redouter, pourvu qu'il n'empêchât pas les hommes de sceller sur la tête de ce Champmathieu cette pierre de l'infamie qui, comme la pierre du sépulcre, tombe une fois et ne se relève jamais.

Il ralluma brusquement sa bougie...

— Eh bien quoi! se dit-il, de quoi est-ce que j'ai peur? qu'est-ce que j'ai à songer comme cela? Me voilà sauvé. Ce Javert qui me trouble depuis si longtemps, qui m'avait deviné, pardieu! et qui me suivait partout, cet affreux chien de chasse toujours en arrêt sur moi, le voilà dépisté! Désormais, il me laissera tranquille, il tient son Jean Valjean! C'est décidé, laissons aller les choses! laissons faire le bon Dieu! Allons, n'y pensons plus. Voilà une résolution prise! — Mais il ne sentit aucune joie. Au contraire.

Il se demanda donc où il en était. Il s'interrogea sur cette « résolution prise ». Il se confessa à lui-même que tout ce qu'il venait d'arranger dans son esprit était monstrueux, que « laisser aller les choses, laisser faire le bon Dieu », c'était tout simplement horrible. Laisser s'accomplir cette méprise de la destinée et des hommes, ne pas l'empêcher, s'y prêter par son silence, ne rien faire enfin, c'était faire tout! c'était le dernier degré de l'indignité hypocrite! c'était un crime bas, lâche, sournois, abject, hideux!

Pour la première fois depuis huit années, le malheureux homme venait de sentir la saveur amère d'une mauvaise pensée. Il la recracha avec dégoût.

Il continua à se questionner. Il fallait donc aller à Arras, délivrer le faux Jean Valjean, dénoncer le véritable ! Hélas ! c'était là le plus grand des sacrifices, la plus poignante des victoires, le dernier pas à franchir ; mais il le fallait. Douloureuse destinée ! il n'entrerait dans la sainteté aux yeux de Dieu que s'il rentrait dans l'infamie aux yeux des hommes !

— Eh bien, dit-il, prenons ce parti ! faisons notre devoir ! sauvons cet homme.

Il prononça ces paroles à haute voix, sans s'apercevoir qu'il parlait tout haut.

Il prit ses livres, les vérifia et les mit en ordre. Il écrivit une lettre qu'il cacheta et sur l'enveloppe de laquelle on aurait pu lire : *A monsieur Laffitte, banquier, rue d'Artois, à Paris.* La lettre à M. Laffitte terminée, il la mit dans sa poche. Et puis tout à coup il pensa à la Fantine. Fantine, apparaissant brusquement dans sa rêverie, y fut comme un rayon d'une lumière inattendue. Il lui sembla que tout changeait d'aspect autour de lui, il s'écria :

— Ah ça, mais ! jusqu'ici je n'ai considéré que moi ! Si je me dénonce ? on me prend, on lâche ce Champmathieu, on me remet aux galères, c'est bien, et puis ? Que se passe-t-il ici ? Ah ! ici, il y a un pays, une ville, des fabriques, une industrie, des ouvriers, des hommes, des femmes, des vieux grands-pères, des enfants, des pauvres gens ! Je fais vivre tout cela ; j'ai fait l'aisance, la circulation, le crédit ; avant moi il n'y avait rien ; j'ai relevé, vivifié, animé, fécondé, stimulé, enrichi tout le pays. — Et cette femme qui a tant souffert, qui a tant de mérites dans sa chute, dont j'ai causé sans le vouloir tout le malheur ! Et cet enfant que je voulais aller chercher, que j'ai promis à la mère ! Si je disparais, qu'arrive-t-il ? La mère meurt. L'enfant devient ce qu'il peut.

Il se leva, il se remit à marcher.

— Oui, pensa-t-il, c'est cela. Je suis dans le vrai. J'ai la solution. Il faut finir par s'en tenir à quelque chose. Mon parti est pris. Laissons faire ! Ne vacillons plus, ne reculons plus. Ceci est dans l'intérêt de tous, non dans le mien. Je suis Madeleine, je reste Madeleine. Malheur à qui est Jean Valjean ! Ce n'est plus moi. Jean Valjean à cette heure, qu'il s'arrange ! cela ne me regarde pas.

Il marcha encore quelques pas, puis il s'arrêta court. Il fouilla dans sa poche, en tira sa bourse, l'ouvrit, et y prit une petite clef.

Il introduisit cette clef dans une serrure dont on voyait à peine le trou, perdu qu'il était dans les nuances les plus sombres du dessin qui couvrait le papier collé sur le mur. Une cachette s'ouvrit, une espèce de fausse armoire ménagée entre l'angle de la muraille et le manteau de la cheminée. Il n'y avait dans cette cachette que quelques guenilles, un sarrau de toile bleue, un vieux pantalon, un vieux havresac, et un gros bâton d'épine ferré aux deux bouts.

Il jeta un regard furtif vers la porte, comme s'il eût craint qu'elle ne s'ouvrît malgré le verrou qui la fermait ; puis d'un mouvement vif et brusque et d'une seule brassée, sans même donner un coup d'œil à ces choses qu'il avait si religieusement et si périlleusement gardées pendant tant d'années, il prit tout, haillons, bâton, havresac, et jeta tout au feu.

Le havresac en se consumant avec d'affreux chiffons qu'il contenait avait mis à nu la pièce de quarante sous volée au petit savoyard.

Tout à coup ses yeux tombèrent sur les deux flambeaux d'argent que la réverbération faisait reluire vaguement sur la cheminée.

— Tiens ! pensa-t-il, tout Jean Valjean est encore là-dedans. Il faut aussi détruire cela. Il prit les deux flambeaux et remua le brasier avec un des deux chandeliers.

Une minute de plus, et ils étaient dans le feu.

En ce moment, il lui sembla qu'il entendait une voix qui criait au-dedans de lui :

— Jean Valjean ! Jean Valjean ! Oui ! c'est cela, achève ! disait la voix. Complète ce que tu fais ! détruis ces flambeaux ! anéantis ce souvenir ! oublie l'évêque ! oublie tout ! perds ce Champmathieu ! va, c'est bien. Applaudis-toi ! Reste M. le maire, reste honorable et honoré, enrichis la ville, nourris les indigènes, élève des orphelins, vis heureux, vertueux et admiré, et pendant ce temps-là, pendant que tu seras ici dans la joie et dans la lumière, il y aura quelqu'un qui aura ta casaque rouge, qui portera ton nom dans l'ignominie et qui traînera ta chaîne au bagne ! Oui, c'est bien arrangé ainsi ! Ah ! misérable !

La sueur lui coulait du front. Il posa les flambeaux sur la cheminée.

Quoi qu'il fît, il retombait toujours sur ce poignant dilemme qui était au fond de sa rêverie : Faut-il se dénoncer? Faut-il se taire? — Il ne réussissait à rien voir de distinct.

Trois heures du matin venaient de sonner, et il y avait cinq heures qu'il marchait ainsi, presque sans interruption, lorsqu'il se laissa tomber sur sa chaise et s'y endormit.

15

Un voyageur pressé

Quand il se réveilla, il était glacé. Un vent qui était froid comme le vent du matin faisait tourner dans leurs gonds les châssis de la croisée restée ouverte. Le feu s'était éteint. La bougie touchait à sa fin. Il était encore nuit noire. En ce moment on frappa un petit coup à la porte de sa chambre.

Il frissonna de la tête aux pieds, et cria d'une voix terrible :

— Qui est là?

Quelqu'un répondit :

— Moi, monsieur le maire.

Il reconnut la voix de la vieille femme, sa portière.

— Eh bien, reprit-il, qu'est-ce que c'est?

— Est-ce que M. le maire n'a pas fait demander

un tilbury? Le cocher dit qu'il vient chercher M. le maire.

— Quel cocher?

— Le cocher de M. Scaufflaire.

— M. Scaufflaire? Ah oui!

Ce nom le fit tressaillir comme si un éclair lui eût passé devant la face.

— Monsieur le maire, que faut-il que je réponde?

— Dites que c'est bien, et que je descends.

Cette nuit-là, la malle qui descendait à Montreuil-sur-Mer par la route de Hesdin accrocha, au tournant d'une rue, au moment où elle entrait dans la ville, un petit tilbury attelé d'un cheval blanc, qui venait en sens inverse et dans lequel il n'y avait qu'une personne, un homme enveloppé d'un manteau. La roue du tilbury reçut un choc assez rude. Le courrier cria à cet homme d'arrêter, mais le voyageur n'écouta pas et continua sa route au grand trot.

Le crépuscule tombait au moment où des enfants qui sortaient de l'école regardèrent ce voyageur entrer dans Tinques. Il ne s'arrêta pas à Tinques. Comme il débouchait du village, un cantonnier qui empierrait la route dressa la tête et dit :

— Voilà un cheval bien fatigué.

La pauvre bête en effet n'allait plus qu'au pas.

— Est-ce que vous allez à Arras? ajouta le cantonnier.

— Oui.

— Si vous allez de ce train, vous n'y arriverez pas de bonne heure. Tenez, monsieur, reprit le cantonnier, voulez-vous que je vous donne un conseil? Votre cheval est las, rentrez dans Tinques. Il y a une bonne auberge. Couchez-y. Vous irez demain à Arras.

— Il faut que j'y sois ce soir.

— C'est différent. Alors allez tout de même à cette auberge et prenez-y un cheval de renfort.

Il suivit le conseil du cantonnier, rebroussa chemin, et une demi-heure après il repassait au même endroit, mais au grand trot, avec un bon cheval de renfort. Il faisait tout à fait nuit.

Il était près de huit heures du soir quand la carriole entra sous la porte cochère de l'hôtel de la Poste à Arras. L'homme que nous avons suivi jusqu'à ce moment, en descendit, et conduisit lui-même le petit cheval blanc à l'écurie; puis il poussa la porte d'une salle de billard qui était au rez-de-chaussée, s'y assit, et s'accouda sur une table.

La maîtresse de l'hôtel entra.

— Monsieur couche-t-il? monsieur soupe-t-il?

Il fit un signe de tête négatif.

— Le garçon d'écurie dit que le cheval de monsieur est bien fatigué!

Ici il rompit le silence.

— Est-ce que le cheval ne pourra pas repartir demain matin?

— Oh! monsieur! il lui faut au moins deux jours de repos.

Il demanda :

— N'est-ce pas ici le bureau de la poste?

— Oui, monsieur.

L'hôtesse le mena à ce bureau; il montra son passe-port et s'informa s'il y avait moyen de revenir cette nuit même à Montreuil-sur-Mer par la malle; la place à côté du courrier était justement vacante; il la retint et la paya.

— Monsieur, dit le buraliste, ne manquez pas d'être ici pour partir à une heure précise du matin.

Cela fait, il sortit de l'hôtel et se mit à marcher dans la ville.

Il ne connaissait pas Arras, les rues étaient obscures, et il allait au hasard. Il se retrouva dans un dédale de rues étroites où il se perdit. Un bourgeois cheminait avec un falot. Après quelque hésitation, il prit le parti de s'adresser à ce bourgeois, non sans avoir d'abord regardé devant et derrière lui, comme s'il craignait que quelqu'un n'entendît la question qu'il allait faire.

— Monsieur, dit-il, le palais de justice, s'il vous plaît?

— Vous n'êtes pas de la ville, monsieur, répondit le bourgeois qui était un assez vieux homme, eh bien, suivez-moi. Je vais précisément du côté du palais de justice.

Cependant, comme ils arrivaient sur la grande place, le bourgeois lui montra quatre longues fenêtres éclairées sur la façade d'un vaste bâtiment ténébreux.

— Voyez-vous ces quatre fenêtres? c'est la cour d'assises. Tenez, monsieur, voici la porte. Où est le factionnaire. Vous n'aurez qu'à monter le grand escalier.

Il se conforma aux indications du bourgeois, et, quelques minutes après, il était dans une salle où il y avait beaucoup de monde.

Personne dans cette foule ne fit attention à lui. Tous les regards convergeaient vers un point unique, un banc de bois adossé à une petite porte, le long de la muraille, à gauche du président. Sur ce banc, que plusieurs chandelles éclairaient, il y avait un homme entre deux gendarmes. Cet homme, c'était l'homme. Il ne le chercha pas, il le vit. Ses yeux allèrent là naturellement, comme s'ils avaient su d'avance où était cette figure.

Il crut se voir lui-même, vieilli, non pas sans doute absolument semblable de visage, mais tout pareil d'attitude et d'aspect, avec ces cheveux hérissés, avec cette prunelle fauve et inquiète, avec cette blouse, tel qu'il était le jour où il entrait à Digne, plein de haine et cachant dans son âme ce hideux trésor de pensées affreuses qu'il avait mis dix-neuf ans à ramasser sur le pavé du bagne.

Une chaise était derrière lui; il s'y laissa tomber, terrifié de l'idée qu'on pouvait le voir. Quand il fut assis, il profita d'une pile de cartons qui était sur le bureau des juges pour dérober son visage à toute la salle. Il pouvait maintenant voir sans être vu. Peu à peu il se remit. Il rentra pleinement dans le sentiment du réel ; il arriva à cette phase de calme où l'on peut écouter.

M. Bamatabois était au nombre des jurés. Il chercha Javert, mais ne le vit point.

Au moment où il était entré, l'avocat de l'accusé achevait sa plaidoirie. L'attention de tous était excitée au plus haut point ; l'affaire durait depuis trois heures. Depuis trois heures, cette foule regardait plier peu à peu sous le poids d'une vraisemblance terrible un homme, un inconnu, une espèce d'être misérable, profondément stupide, qui parlait avec peine, répondait avec embarras, mais de la tête aux pieds toute sa personne niait.

16

L'étonnement de Champmathieu

L'instant de clore les débats était venu. Le président fit lever l'accusé et lui adressa la question d'usage :

— Avez-vous quelque chose à ajouter à votre défense?

L'homme, debout, roulant dans ses mains un affreux bonnet qu'il avait, fit le mouvement de quelqu'un qui se réveille, promena ses yeux autour de lui, regarda le public, les gendarmes, son avocat, les jurés, la cour, posa son poing monstrueux sur le rebord de la boiserie devant son banc, et se mit à parler.

— J'ai à dire ça. Que j'ai été charron à Paris, même que c'était chez M. Baloup. C'est un état dur. L'hiver, on a si froid qu'on se bat les bras pour se réchauffer; mais les maîtres ne veulent pas, ils disent que cela perd du temps. Manier du fer quand il y a de la glace entre les pavés, c'est rude. Ça vous use vite un homme. A quarante ans, un homme est fini. Moi, j'en avais cinquante-trois, j'avais bien du mal, on me payait le moins cher qu'on pouvait, les maîtres profitaient de mon âge. Voilà. Je dis vrai. Vous n'avez qu'à demander. Ah, bien oui, demander! que je suis bête! Paris, c'est un gouffre. Qui est-ce qui connaît le père Champmathieu? Pourtant je vous dis M. Baloup. Voyez chez M. Baloup. Après ça, je ne sais pas ce qu'on me veut.

L'homme se tut, et resta debout. Il avait dit ces choses d'une voix haute, rapide, rauque, dure et enrouée, avec une sorte de naïveté irritée et sauvage.

Quand il eut fini, l'auditoire éclata de rire. Il regarda le public, et voyant qu'on riait, et ne comprenant pas, il se mit à rire lui-même.

Cela était sinistre.

Le président, homme attentif et bienveillant, éleva la voix et se tournant vers l'accusé, il l'engagea à écouter ce qu'il allait lui dire et ajouta :

— Vous êtes dans une situation où il faut réfléchir. Les présomptions les plus graves pèsent sur vous et peuvent entraîner des conséquences capitales. Accusé, dans votre intérêt, expliquez-vous clairement sur ces deux faits : — Premièrement, avez-vous, oui ou non, franchi le mur du clos Pierron, cassé la branche et volé les pommes, c'est-à-dire, commis le crime de vol avec escalade? Deuxièmement, oui ou non, êtes-vous le forçat libéré Jean Valjean?

L'accusé secoua la tête.

— Je n'ai rien volé. Je suis un homme qui ne mange pas tous les jours. Je venais d'Ailly, je marchais dans le pays, j'ai trouvé une branche cassée par terre où il y avait des pommes, j'ai ramassé la branche sans savoir qu'elle me ferait arriver de la peine. Il y a trois mois que je suis en prison et qu'on me trimballe. Après ça, je ne peux pas dire, on parle contre moi, on me dit : répondez! le gendarme, qui est bon enfant, me pousse le coude et me dit tout bas : réponds donc. Je ne sais pas expliquer, moi, je n'ai pas fait les études, je suis un pauvre homme. Voilà ce qu'on a tort de ne pas voir. Je n'ai pas volé, j'ai ramassé par terre des choses qu'il y avait. Vous dites Jean Valjean, Jean Mathieu! Je ne connais pas ces personnages-là. C'est des villageois. J'ai travaillé chez M. Baloup, boulevard de l'Hôpital. Je m'appelle Champmathieu. Vous êtes bien malins de me dire où je suis né. Moi, je l'ignore. Tout le monde n'a pas de maisons pour y venir au monde. Je crois que mon père et ma mère étaient des gens qui allaient sur les routes. Quand j'étais enfant, on m'appelait Petit, maintenant on m'appelle Vieux. Voilà mes noms de baptême. Prenez ça comme vous voudrez. J'ai été en Auvergne, j'ai été à Faverolles, pardi! Eh bien? est-ce qu'on ne peut pas avoir été en Auvergne et avoir été à Faverolles sans avoir été aux galères? Je vous dis que je n'ai pas volé, et que je suis le père Champmathieu. J'ai été chez M. Baloup, j'ai été domicilié. Vous m'ennuyez avec vos bêtises à la fin ! Pourquoi donc est-ce que le monde est après moi comme des acharnés ?

L'avocat général était demeuré debout, il s'adressa au président :

— Monsieur le président, en présence des dénégations confuses, mais fort habiles de l'accusé, qui voudrait bien se faire passer pour idiot, mais qui n'y parviendra pas, — nous l'en prévenons —, nous requérons qu'il vous plaise et qu'il plaise à la cour appeler de nouveau dans cette enceinte les condamnés Brevet, Cochepaille et Chenildieu et l'inspecteur de police Javert, et les interpeller une dernière fois sur l'identité de l'accusé avec le forçat Jean Valjean.

— Je fais remarquer à M. l'avocat général, dit le président, que l'inspecteur de police Javert, rappelé par ses fonctions au chef-lieu d'un arrondissement voisin, a quitté l'audience et même la ville, aussitôt sa déposition faite.

Un moment après, la porte de la chambre des témoins s'ouvrit. L'huissier, accompagné d'un gendarme prêt à lui prêter main-forte, introduisit le condamné Brevet. L'auditoire était en suspens et toutes les poitrines palpitaient comme si elles n'eussent eu qu'une seule âme.

L'ancien forçat Brevet portait la veste noire et grise des maisons centrales. Brevet était un personnage d'une soixantaine d'années qui avait une espèce de figure d'homme d'affaires et l'air d'un coquin. Cela va quelquefois ensemble.

— Brevet, dit le président, vous avez subi une condamnation infamante et vous ne pouvez prêter serment. Cependant, même dans l'homme que la loi a dégradé, il peut rester, quand la pitié divine le permet, un sentiment d'honneur et d'équité. C'est à ce sentiment que je fais appel à cette heure décisive.

— Accusé, levez-vous. — Brevet, regardez bien l'accusé, recueillez vos souvenirs, et dites-nous, en votre âme et conscience, si vous persistez à reconnaître cet homme pour votre ancien camarade de bagne Jean Valjean.

Brevet regarda l'accusé, puis se retourna vers la cour.

— Oui, monsieur le président. C'est moi qui l'ai reconnu le premier et je persiste. Cet homme est Jean Valjean, entré à Toulon en 1796 et sorti en 1815. Je suis sorti l'an d'après. Il a l'air d'une brute maintenant, alors ce serait que l'âge l'a abruti ; au bagne il était sournois. Je le reconnais positivement.

— Allez vous asseoir, dit le président. Accusé, restez debout.

On introduisit Chenildieu, forçat à vie, comme l'indiquaient sa casaque rouge et son bonnet vert. C'était un petit homme d'environ cinquante ans, vif, ridé, chétif, jaune, effronté, fiévreux, qui avait dans tous ses membres et dans toute sa personne une sorte de faiblesse maladive et dans le regard une force immense.

Le président lui adressa à peu près les mêmes paroles qu'à Brevet.

Chenildieu éclata de rire.

— Pardine ! si je le reconnais ! nous avons été cinq ans attachés à la même chaîne. Tu boudes donc, mon vieux ?

— Allez vous asseoir, dit le président.

L'huissier amena Cochepaille. Cet autre condamné à perpétuité, venu du bagne et vêtu de rouge comme Chenildieu, était un paysan de Lourdes et un demi-ours des Pyrénées. Il avait gardé des troupeaux dans la montagne, et de pâtre il avait glissé brigand. C'était un de ces malheureux hommes que la nature a ébauchés en bêtes fauves et que la société termine en galériens.

Le président essaya de le remuer par quelques paroles pathétiques et graves.

— C'est Jean Valjean, dit Cochepaille. Même qu'on l'appelait Jean-le-Cric, tant il était fort.

Chacune des affirmations de ces trois hommes avait soulevé dans l'auditoire un murmure de fâcheux augure pour l'accusé. Celui-ci les avait écoutées avec ce visage étonné qui, selon l'accusation, était son principal moyen de défense.

Une rumeur éclata dans le public et gagna presque le jury. Il était évident que l'homme était perdu.

— Huissiers, dit le président, faites faire silence. Je vais clore les débats.

En ce moment un mouvement se fit tout à côté du président. On entendit une voix qui criait :

— Brevet, Chenildieu, Cochepaille! regardez de ce côté-ci.

Tous ceux qui entendirent cette voix se sentirent glacés, tant elle était lamentable et terrible. Les yeux se tournèrent vers le point d'où elle venait. Un homme, placé parmi les spectateurs qui étaient assis derrière la cour, venait de se lever, avait poussé la porte à hauteur d'appui qui séparait le tribunal du prétoire, et était debout au milieu de la salle. Le président, l'avocat général, M. Bamatabois, vingt personnes, le reconnurent, et s'écrièrent à la fois :

— Monsieur Madeleine!

C'était lui en effet. La lampe du greffier éclairait son visage. Il tenait son chapeau à la main, il n'y avait aucun désordre dans ses vêtements, sa redingote était boutonnée avec soin. Il était très pâle et il tremblait légèrement. Ses cheveux, gris encore au moment de son arrivée à Arras, étaient maintenant tout à fait blancs.

Avant même que le président et l'avocat général eussent pu dire un mot, avant que les gendarmes et les huissiers eussent pu faire un geste, l'homme que tous appelaient encore en ce moment M. Madeleine s'était avancé vers les témoins Cochepaille, Brevet et Chenildieu.

— Vous ne me reconnaissez pas? dit-il.

Tous trois demeurèrent interdits et indiquèrent par un signe de tête qu'ils ne le connaissaient point.

Cochepaille intimidé fit le salut militaire. M. Madeleine se tourna vers les jurés et vers la cour et dit d'une voix douce :

— Messieurs les jurés, faites relâcher l'accusé. Monsieur le président, faites-moi arrêter. L'homme que vous cherchez, ce n'est pas lui, c'est moi. Je suis Jean Valjean.

Pas une bouche ne respirait. A la première commotion de l'étonnement avait succédé un silence de sépulcre. On sentait dans la salle cette espèce de terreur religieuse qui saisit la foule lorsque quelque chose de grand s'accomplit.

— Vous étiez sur le point de commettre une grande erreur, lâchez cet homme, j'accomplis un devoir, je suis ce malheureux condamné. Ce que je fais en ce moment, Dieu, qui est là-haut, le regarde, et cela suffit. Vous pouvez me prendre, puisque me voilà. J'avais pourtant fait de mon mieux. Je me suis caché sous un nom ; je suis devenu riche, je suis devenu maire ; j'ai voulu rentrer parmi les honnêtes gens. Il paraît que cela ne se peut pas. J'ai volé monseigneur l'évêque, cela est vrai ; j'ai volé Petit-Gervais, cela est vrai. On a eu raison de vous dire que Jean Valjean était un malheureux très méchant. Toute la faute n'est peut-être pas à lui. Un homme aussi abaissé que moi n'a pas de remontrance à faire à la providence ni de conseil à donner à la société ; mais, voyez-vous, les galères font le galérien. Avant le bagne, j'étais un pauvre paysan très peu intelligent, une espèce d'idiot ; le bagne m'a changé.

J'étais stupide, je suis devenu méchant; j'étais bûche, je suis devenu tison. Plus tard l'indulgence et la bonté m'ont sauvé, comme la sévérité m'avait perdu. Vous trouverez chez moi, dans les cendres de la cheminée, la pièce de quarante sous que j'ai volée il y a sept ans à Petit-Gervais. Je n'ai plus rien à ajouter. Prenez-moi. Mon Dieu! Vous ne me croyez pas! Voilà qui est affligeant. N'allez point condamner cet homme au moins! Je voudrais que Javert fût ici. Il me reconnaîtrait, lui!

Il se tourna vers les trois forçats :

— Eh bien, je vous reconnais, moi! Brevet, te rappelles-tu de ces bretelles en tricot à damier que tu avais au bagne? Chenildieu, tu as toute l'épaule droite brûlée profondément, parce que tu t'es couché un jour l'épaule sur un réchaud plein de braise, pour effacer les trois lettres T.F.P., qu'on y voit toujours cependant. Réponds, est-ce vrai?

— C'est vrai, dit Chenildieu.

— Cochepaille, tu as près de la saignée du bras gauche une date gravée en lettres bleues avec de la poudre brûlée. Cette date, c'est celle du débarquement de l'Empereur à Cannes, *1er mars 1815*. Relève ta manche.

Cochepaille releva sa manche, tous les regards se penchèrent autour de lui sur son bras nu. Un gendarme approcha une lampe; la date y était.

— Vous voyez bien, dit-il, que je suis Jean Valjean.

Il était évident qu'on avait sous les yeux Jean Valjean. L'apparition de cet homme avait suffi pour remplir de clarté cette aventure si obscure le moment d'auparavant. Sans qu'il fût besoin d'aucune explication désormais, toute cette foule comprit tout de suite cette simple et magnifique histoire d'un homme qui se livrait pour qu'un autre homme ne fût pas condamné à sa place.

— Je ne veux pas déranger davantage l'audience, reprit Jean Valjean. Je m'en vais, puisqu'on ne m'arrête pas. J'ai plusieurs choses à faire. M. l'avocat général sait qui je suis, il sait où je vais, il me fera arrêter quand il voudra.

Il se dirigea vers la porte de sortie. Pas une voix ne s'éleva, pas un bras ne s'étendit pour l'empêcher. Tous s'écartèrent. Il avait en ce moment je ne sais quoi de divin qui fait que les multitudes reculent et se rangent devant un homme. Il traversa la foule à pas lents. Il sortit, et la porte se referma comme elle avait été ouverte, car ceux qui font de certaines choses souveraines sont toujours sûrs d'être servis par quelqu'un dans la foule.

Moins d'une heure après le verdict, Champmathieu, mis en liberté, s'en allait stupéfait, croyant tous les hommes fous.

17

Javert est content

Le jour commençait à poindre. Fantine avait eu une nuit de fièvre et d'insomnie ; au matin, elle s'endormit. La sœur Simplice qui l'avait veillée profita de ce sommeil pour aller préparer une nouvelle potion de quinquina. Elle était depuis quelques instants dans le laboratoire de l'infirmerie, penchée sur ses drogues, quand tout à coup elle tourna la tête et fit un léger cri. M. Madeleine était devant elle. Il venait d'entrer silencieusement.

— C'est vous, monsieur le maire ! s'écria-t-elle.

Il répondit à voix basse :

— Comment va cette pauvre femme ?

— Pas mal en ce moment. Mais nous avons été bien inquiets, allez !

Le plein jour s'était fait dans la chambre. Il éclairait

en face le visage de M. Madeleine. Le hasard fit que la sœur leva les yeux.

— Mon Dieu, monsieur! s'écria-t-elle, que vous est-il arrivé? Vos cheveux sont tout blancs!

— Blancs! dit-il.

La sœur Simplice n'avait point de miroir; elle fouilla dans une trousse et en tira une petite glace dont se servait le médecin de l'infirmerie pour constater qu'un malade était mort et ne respirait plus. M. Madeleine prit la glace, y considéra ses cheveux, et dit : Tiens!

Il prononça ce mot avec indifférence et comme s'il pensait à autre chose. Puis il demanda :

— Puis-je voir Fantine?

— Est-ce que M. le maire ne lui fera pas revenir son enfant? dit la sœur, osant à peine hasarder une question.

— Sans doute, mais il faut au moins deux ou trois jours.

— Si elle ne voyait pas M. le maire d'ici là, reprit timidement la sœur, elle ne saurait pas que M. le maire est de retour, il serait aisé de lui faire prendre patience, et quand l'enfant arriverait elle penserait tout naturellement que M. le maire est arrivé avec l'enfant. On n'aurait pas de mensonge à faire.

M. Madeleine parut réfléchir quelques instants, puis il dit avec sa gravité calme :

— Non, ma sœur, il faut que je la voie. Je suis peut-être pressé.

— Elle repose, mais M. le maire peut entrer.

Il fit quelques observations sur une porte qui fermait mal, et dont le bruit pouvait réveiller la malade, puis il entra dans la chambre de Fantine, s'approcha du lit et entrouvrit les rideaux. Elle dormait. Son souffle sortait de sa poitrine avec ce bruit tragique qui est propre à ces maladies. Sa pâleur était devenue de la blancheur; ses joues étaient vermeilles. Ses longs cils blonds, la seule beauté qui lui fût restée de sa virginité et de sa jeunesse, palpitaient tout en demeurant clos et baissés. M. Madeleine resta quelque temps immobile près de ce lit, regardant la malade.

Fantine ouvrit les yeux, le vit, et dit paisiblement, avec un sourire :

— Et Cosette? Pourquoi ne l'avoir pas mise sur mon lit pour le moment où je m'éveillerais?

Il répondit machinalement quelque chose qu'il n'a jamais pu se rappeler plus tard.

Heureusement le médecin, averti, était survenu. Il vint en aide à M. Madeleine.

— Mon enfant, dit le médecin, calmez-vous. Votre enfant est là.

Les yeux de Fantine s'illuminèrent et couvrirent de clarté tout son visage.

— Oh! s'écria-t-elle, apportez-la-moi!

— Pas encore, reprit le médecin, pas en ce moment. Vous avez un reste de fièvre. La vue de votre enfant vous agiterait et vous ferait du mal. Il faut d'abord vous guérir.

Elle l'interrompit impétueusement.

— Mais je suis guérie ! je vous dis que je suis guérie ! Est-il âne, ce médecin ! Ah çà ! je veux voir mon enfant, moi !

— Vous voyez, dit le médecin, comme vous vous emportez. Tant que vous serez ainsi, je m'opposerai à ce que vous ayez votre enfant. Il ne suffit pas de la voir, il faut vivre pour elle. Quand vous serez raisonnable, je vous l'amènerai moi-même.

La pauvre mère courba la tête.

— Monsieur le médecin, je vous demande pardon. Autrefois je n'aurais pas parlé comme je viens de faire, il m'est arrivé tant de malheurs que quelquefois je ne sais plus ce que je dis. Je comprends, vous craignez l'émotion, j'attendrai tant que vous voudrez, mais je vous jure que cela ne m'aurait pas fait de mal de voir ma fille. Est-ce que ce n'est pas bien naturel que j'aie envie de voir mon enfant qu'on a été me chercher exprès à Montfermeil ? Je ne suis pas en colère. Je sais bien que je vais être heureuse.

M. Madeleine s'était assis sur une chaise qui était à côté du lit. Elle se tourna vers lui ; elle faisait visiblement effort pour paraître calme et « bien sage ». Cependant, elle ne pouvait s'empêcher d'adresser à M. Madeleine mille questions.

— Avez-vous fait un bon voyage, monsieur le maire ? Oh ! comme vous êtes bon d'avoir été me la chercher ! Dites-moi seulement comment elle est. A-t-elle bien supporté la route ? Hélas ! elle ne me reconnaîtra pas ! Depuis le temps, elle m'a oubliée, pauvre chou! Les enfants, cela n'a pas de mémoire. C'est comme des oiseaux. Ces Thénardier la tenaient-ils proprement? Comment la nourrissait-on? Oh! comme j'ai souffert, si vous saviez! Oh! que je voudrais donc la voir! Monsieur le maire, l'avez-vous trouvée jolie?

Il lui prit la main : — Cosette est belle, dit-il. Cosette se porte bien, vous la verrez bientôt, mais apaisez-vous. Vous parlez trop vivement, et puis vous sortez vos bras du lit, et cela vous fait tousser.

En effet, des quintes de toux interrompaient Fantine presque à chaque mot.

M. Madeleine lui tenait toujours la main, il la considérait avec anxiété; il était évident qu'il était venu pour lui dire des choses devant lesquelles sa pensée hésitait maintenant. Le médecin, sa visite faite, s'était retiré. La sœur Simplice était seule restée auprès d'eux.

Cependant, au milieu de ce silence, Fantine s'écria :

— Je l'entends! mon Dieu! je l'entends!

Elle étendit le bras pour qu'on se tût autour d'elle, retint son souffle, et se mit à écouter avec ravissement.

Il y avait un enfant qui jouait dans la cour : l'enfant de la portière.

— Oh! reprit-elle, c'est ma Cosette! je reconnais sa voix!

L'enfant s'éloigna comme il était venu, la voix s'éteignit, Fantine écouta encore quelque temps, puis son visage s'assombrit, et M. Madeleine l'entendit qui disait à voix basse : — Comme ce médecin est méchant de ne pas me laisser voir ma fille ! Il a une mauvaise figure, cet homme-là !

Cependant le fond riant de ses idées revint :

— Comme nous allons être heureuses ! Elle doit savoir ses lettres maintenant ! Et puis elle fera sa première communion dans cinq ans. O ma bonne sœur, vous ne savez pas comme je suis bête, voilà que je pense à la première communion de ma fille.

Et elle se mit à rire.

Jean Valjean avait quitté la main de Fantine. Il écoutait ces paroles comme on écoute un vent qui souffle, les yeux à terre, l'esprit plongé dans des réflexions sans fond. Tout à coup elle cessa de parler, cela lui fit lever machinalement la tête. Fantine était devenue effrayante.

Elle ne parlait plus, elle ne respirait plus ; elle s'était soulevée à demi sur son séant, son épaule maigre sortait de sa chemise, son visage, radieux le moment d'auparavant, était blême, et elle paraissait fixer sur quelque chose de formidable, devant elle, à l'autre extrémité de la chambre, son œil agrandi par la terreur.

— Mon Dieu ! s'écria-t-il. Qu'avez-vous, Fantine ?

Elle ne répondit pas, elle lui toucha le bras d'une main et de l'autre lui fit signe de regarder derrière lui.

Il se retourna, et vit Javert.

Voici ce qui s'était passé.

Minuit et demi venait de sonner, quand M. Madeleine était sorti de la salle des assises d'Arras. Il était rentré à son auberge juste à temps pour repartir par la malle-poste où l'on se rappelle qu'il avait retenu sa place. Un peu avant six heures du matin, il était arrivé à Montreuil-sur-Mer, et son premier soin avait été de jeter à la poste sa lettre à M. Laffitte, puis d'entrer à l'infirmerie et de voir Fantine.

Cependant, à peine avait-il quitté la salled'audience de la cour d'assises, que l'avocat général, revenu du premier saisissement, avait signé et expédié l'ordre d'arrestation de Jean Valjean à Montreuil-sur-Mer.

On sait que Javert était revenu à Montreuil-sur-Mer immédiatement après avoir fait sa déposition.

Javert se levait au moment où l'exprès lui remit l'ordre d'arrestation et le mandat d'amener. En deux mots, il mit Javert au fait de ce qui était arrivé à Arras.

A l'instant où le regard de Madeleine rencontra le regard de Javert, Javert sans bouger, sans remuer, sans approcher, devint épouvantable.

Ce fut le visage d'un démon qui vient de retrouver son damné.

La certitude de tenir Jean Valjean fit apparaître sur sa physionomie tout ce qu'il avait dans l'âme. Le fond remué monta à la surface. L'humiliation d'avoir un peu perdu la piste et de s'être mépris quelques minutes sur ce Champmathieu, s'effaçait sous l'orgueil d'avoir si bien deviné d'abord et d'avoir eu si longtemps un instinct juste. Le contentement de Javert éclata dans son attitude souveraine. Debout, altier, éclatant, il étalait en plein azur la bestialité surhumaine d'un archange féroce. Javert, effroyable, n'avait rien d'ignoble.

18

La mort de Fantine

La Fantine n'avait point vu Javert depuis le jour où M. le maire l'avait arrachée à cet homme. Son cerveau malade ne se rendit compte de rien, seulement elle ne douta pas qu'il ne revînt la chercher. Elle ne put supporter cette figure affreuse, elle cacha son visage de ses deux mains et cria avec angoisse.

— Monsieur Madeleine, sauvez-moi!

Jean Valjean s'était levé. Il dit à Fantine de sa voix la plus douce et la plus calme.

— Soyez tranquille. Ce n'est pas pour vous qu'il vient.

Puis il s'adressa à Javert et lui dit :

— Je sais ce que vous voulez

Javert répondit :

— Allons, vite!

Aucune orthographe ne pourrait rendre l'accent dont cela fut prononcé ; ce n'était plus une parole humaine, c'était un rugissement.

Au cri de Javert, Fantine avait rouvert les yeux. Mais M. le maire était là. Que pouvait-elle craindre ?

Javert avança au milieu de la chambre et cria :

— Ah ça ! viendras-tu ?

La malheureuse regarda autour d'elle. Il n'y avait personne que la religieuse et M. le maire. A qui pouvait s'adresser ce tutoiement abject ?

Alors elle vit une chose inouïe. Elle vit le mouchard Javert saisir au collet M. le maire ; elle vit M. le maire courber la tête. Il lui sembla que le monde s'évanouissait.

— Monsieur le maire ! cria Fantine.

Javert éclata de rire, de cet affreux rire qui lui déchaussait toutes les dents.

— Il n'y a plus de monsieur le maire ici !

Jean Valjean n'essaya pas de déranger la main qui tenait le col de sa redingote. Il dit :

— Javert...

Javert l'interrompit : — Appelle-moi monsieur l'inspecteur.

— Monsieur, reprit Jean Valjean, je voudrais vous dire un mot en particulier. C'est une prière que j'ai à vous faire. Mais cela ne doit être entendu que de vous seul.

— Qu'est-ce que cela me fait ? je n'écoute pas !

— Accordez-moi trois jours pour aller chercher

l'enfant de cette malheureuse ! Je paierai ce qu'il faudra. Vous m'accompagnerez si vous voulez.

— Tu veux rire ! cria Javert. Ah ça ! je ne te croyais pas bête ! Tu me demandes trois jours pour t'en aller ! Tu dis que c'est pour aller chercher l'enfant de cette fille ! Ah ! ah !

Fantine eut un tremblement.

— Mon enfant ! s'écria-t-elle, allez chercher mon enfant ! Elle n'est donc pas ici ! Ma sœur, répondez-moi, où est Cosette ? Je veux mon enfant ! Monsieur Madeleine ! monsieur le maire !

Javert frappa du pied.

— Voilà l'autre, à présent ! Te tairas-tu, drôlesse ! Gredin de pays où les galériens sont magistrats et où les filles publiques sont soignées comme des comtesses ! Ah mais ! tout ça va changer ; il était temps !

Il regarda fixement Fantine et ajouta en reprenant à poignée de cravate, la chemise et le collet de Jean Valjean :

— Je te dis qu'il n'y a point de monsieur Madeleine et qu'il n'y a point de monsieur le maire. Il y a un voleur, il y a un brigand, il y a un forçat appelé Jean Valjean ! c'est lui que je tiens ! voilà ce qu'il y a !

Fantine se dressa en sursaut, appuyée sur ses bras roides et sur ses deux mains, elle regarda Jean Valjean, elle regarda Javert, elle regarda la religieuse, elle ouvrit la bouche comme pour parler, un râle sortit du fond de sa gorge, ses dents claquèrent, elle étendit les bras avec angoisse, cherchant autour d'elle comme quelqu'un qui se noie, puis elle s'affaissa subitement sur l'oreiller. Sa tête heurta le chevet du lit et vint retomber sur sa poitrine.

Elle était morte.

Jean Valjean posa sa main sur la main de Javert qui le tenait, et l'ouvrit comme il eût ouvert la main d'un enfant, puis il dit à Javert :

— Vous avez tué cette femme.

— Finirons-nous ! cria Javert furieux. Je ne suis pas ici pour entendre des raisons. Économisons tout ça. La garde est en bas. Marchons tout de suite, ou les poucettes.

Il y avait dans un coin de la chambre un vieux lit en fer en assez mauvais état, qui servait de lit de camp aux sœurs quand elles veillaient. Jean Valjean alla à ce lit, disloqua en un clin d'œil le chevet déjà fort délabré, chose facile à des muscles comme les siens, saisit à poigne-main la maîtresse-tringle, et considéra Javert. Javert recula vers la porte.

Jean Valjean, sa barre de fer au poing, marcha lentement vers le lit de Fantine. Il prit dans ses deux mains la tête de Fantine et l'arrangea sur l'oreiller comme une mère eût fait pour son enfant. Cela fait, il lui ferma les yeux.

La face de Fantine en cet instant semblait étrangement éclairée.

La main de Fantine pendait hors du lit. Jean Valjean s'agenouilla devant cette main, la souleva doucement et la baisa.

Puis il se redressa, et, se tournant vers Javert :

— Maintenant, dit-il, je suis à vous.

Javert déposa Jean Valjean à la prison.

L'arrestation de M. Madeleine produisit à Montreuil-sur-Mer une sensation, ou pour mieux dire une commotion extraordinaire. Nous sommes tristes de ne pouvoir dissimuler que sur ce seul mot : *c'était un galérien*, tout le monde à peu près l'abandonna. En moins de deux heures tout le bien qu'il avait fait fut oublié, et ce ne fut plus « qu'un galérien ».

C'est ainsi que ce fantôme qui s'était appelé M. Madeleine se dissipa à Montreuil-sur-Mer. Trois ou quatre personnes seulement dans toute la ville restèrent fidèles à cette mémoire. La vieille portière qui l'avait servi fut du nombre.

Le soir de ce même jour, cette digne vieille était assise dans sa loge, encore tout effarée et réfléchissant tristement. La fabrique avait été fermée toute la journée, la porte cochère était verrouillée, la rue était déserte. Il n'y avait dans la maison que les deux religieuses, sœur Perpétue et sœur Simplice, qui veillaient près du corps de Fantine.

Vers l'heure où M. Madeleine avait coutume de rentrer, la brave portière se leva machinalement, prit la clef de la chambre de M. Madeleine dans un tiroir et le bougeoir dont il se servait tous les soirs pour monter chez lui, puis elle accrocha la clef au clou où il la prenait d'habitude, et plaça le bougeoir à côté, comme si elle l'attendait. Ensuite elle se rassit sur sa chaise et se remit à songer.

Ce ne fut qu'au bout de plus de deux heures

qu'elle sortit de sa rêverie et s'écria : Tiens ! mon bon Dieu Jésus : moi qui ai mis sa clef au clou !

En ce moment la vitre de la loge s'ouvrit, une main passa par l'ouverture, saisit la clef et le bougeoir et alluma la bougie à la chandelle qui brûlait.

La portière leva les yeux et resta béante, avec un cri dans le gosier qu'elle retint.

Elle connaissait cette main, ce bras, cette manche de redingote.

C'était M. Madeleine.

— Mon Dieu, monsieur le maire, s'écria-t-elle enfin, je vous croyais...

— En prison, dit-il. J'y étais. J'ai brisé un barreau d'une fenêtre, je me suis laissé tomber du haut d'un toit, et me voici. Je monte à ma chambre, allez me chercher la sœur Simplice. Elle est sans doute près de cette pauvre femme.

La vieille obéit en toute hâte.

Il monta l'escalier qui conduisait à sa chambre. Arrivé en haut, il laissa son bougeoir sur les dernières marches de l'escalier, ouvrit sa porte avec peu de bruit, et alla fermer à tâtons sa fenêtre et son volet, puis il revint prendre sa bougie et rentra dans sa chambre.

Il tira d'une armoire une vieille chemise à lui qu'il déchira. Cela fit quelques morceaux de toile dans lesquels il emballa les deux flambeaux d'argent. Du reste il n'avait ni hâte ni agitation, et, tout en emballant les chandeliers de l'évêque, il mordait dans un morceau de pain noir. Il est probable que c'était le pain de la prison qu'il avait emporté en s'évadant.

On frappa deux petits coups à la porte.

— Entrez, dit-il.

C'était la sœur Simplice.

Elle était pâle, elle avait les yeux rouges, la chandelle qu'elle tenait vacillait dans sa main.

Jean Valjean venait d'écrire quelques lignes sur un papier qu'il tendit à la religieuse en disant :

— Ma sœur, vous remettrez ceci à M. le curé. — Vous pouvez lire.

Elle lut : « Je prie M. le curé de veiller sur tout ce que je laisse ici. Il voudra bien payer là-dessus les frais de mon procès et l'enterrement de la femme qui est morte aujourd'hui. Le reste sera aux pauvres. »

— Est-ce que M. le maire ne désire pas revoir une dernière fois cette pauvre malheureuse?

— Non, dit-il, on est à ma poursuite, on n'aurait qu'à m'arrêter dans sa chambre, cela la troublerait.

Il achevait à peine qu'un grand bruit se fit dans l'escalier. Ils entendirent un tumulte de pas qui montaient, et la vieille portière qui disait de sa voix la plus haute et la plus perçante :

— Moi bon monsieur, je vous jure le bon Dieu qu'il n'est entré personne ici de toute la journée ni de toute la soirée, que même je n'ai pas quitté ma porte!

Un homme répondit :

— Cependant il y a de la lumière dans cette chambre.

Ils reconnurent la voix de Javert.

La chambre était disposée de façon que la porte en s'ouvrant masquait l'angle du mur à droite. Jean Valjean souffla la bougie et se mit dans cet angle.

La sœur Simplice tomba à genoux près de la table. La porte s'ouvrit. Javert entra.

La religieuse ne leva pas les yeux. Elle priait. La chandelle était sur la cheminée et ne donnait que peu de clarté Javert aperçut la sœur et s'arrêta interdit.

C'était cette sœur Simplice qui n'avait menti de sa vie. Javert le savait, et la vénérait particulièrement à cause de cela.

— Ma sœur, dit-il, êtes-vous seule dans cette chambre?

La sœur leva les yeux et répondit :

— Oui.

— Ainsi, reprit Javert, excusez-moi si j'insiste, c'est mon devoir, vous n'avez pas vu ce soir une personne, un homme. Il s'est évadé, nous le cherchons, — ce nommé Jean Valjean, vous ne l'avez pas vu?

La sœur répondit : — Non.

Elle mentit. Elle mentit deux fois de suite, coup sur coup, sans hésiter, rapidement, comme on se dévoue.

— Pardon, dit Javert, et il se retira en saluant profondément.

L'affirmation de la sœur fut pour Javert quelque chose de si décisif qu'il ne remarqua même pas la singularité de cette bougie qu'on venait de souffler et qui fumait sur la table.

Une heure après, un homme, marchant à travers les arbres et les brumes, s'éloignait rapidement de Montreuil-sur-Mer dans la direction de Paris. Cet homme était Jean Valjean.

Deuxième partie

Cosette

1

Le numéro 24601 devient le numéro 9430

Jean Valjean avait été repris.

Nous nous bornons à transcrire un entrefilet publié par les journaux du temps, quelques mois après les événements surprenants accomplis à Montreuil-sur-Mer.

Nous l'empruntons au *Drapeau blanc*. Il est daté du 25 juillet 1823.

« Un arrondissement du Pas-de-Calais vient d'être le théâtre d'un événement peu ordinaire. Un homme étranger au département, et nommé M. Madeleine, avait relevé depuis quelques années, grâce à des procédés nouveaux, une ancienne industrie locale, la fabrication des jais et des verroteries noires. Il y avait fait fortune, et disons-le, celle de l'arrondissement. En reconnaissance de ses services on l'avait nommé maire. La police a découvert que M. Madeleine n'était autre qu'un ancien forçait en rupture de ban, condamné en 1796 pour vol, et nommé Jean Valjean. Jean Valjean a été réintégré au bagne. Il paraît qu'avant son arrestation il avait réussi à retirer de chez M. Laffitte une somme de plus d'un demi-million qu'il y avait placée, et qu'il avait, du reste, très légitimement, dit-on, gagnée dans son commerce. On n'a pu savoir où Jean Valjean avait caché cette somme depuis sa rentrée au bagne de Toulon. »

Vers la fin d'octobre de cette même année 1823, les habitants de Toulon virent rentrer dans leur port, à la suite d'un gros temps et pour réparer quelques avaries, le vaisseau l'*Orion*. Un violent coup d'équinoxe avait défoncé à bâbord la poulaine et un sabord, et endommagé le porte-haubans de misaine.

Un matin la foule qui le contemplait mouillé près de l'Arsenal fut témoin d'un accident.

L'équipage était occupé à enverguer les voiles. Le gabier chargé de prendre l'empointure du grand hunier tribord perdit l'équilibre. On le vit chanceler, la multitude amassée sur le quai de l'Arsenal jeta un cri, la tête emporta le corps, l'homme tourna autour de la vergue, les mains étendues vers l'abîme ; il saisit, au passage, le faux marche-pied d'une main d'abord, puis de l'autre, et il y resta suspendu. La mer était au-dessous de lui à une profondeur vertigineuse. La secousse de sa chute avait imprimé au faux marchepied un violent mouvement d'escarpolette. L'homme allait et venait au bout de cette corde comme la pierre d'une fronde.

Aller à son secours, c'était courir un risque effrayant. Aucun des matelots n'osait s'y aventurer. Cependant le malheureux gabier se fatiguait ; on distinguait dans tous ses membres son épuisement. Ses bras se tordaient dans un tiraillement horrible. On n'attendait plus que la minute où il lâcherait la corde.

Tout à coup, on aperçut un homme qui grimpait dans le gréement avec l'agilité d'un chat-tigre. Cet homme était vêtu de rouge, c'était un forçat ; il avait un bonnet vert, c'était un forçat à vie. Arrivé à la hauteur de la hune, un coup de vent emporta son bonnet et laissa voir une tête toute blanche ; ce n'était pas un jeune homme.

Un forçat en effet, employé à bord avec une corvée de bagne, avait dès le premier moment couru à l'officier de quart, et au milieu du trouble et de l'hésitation de l'équipage, il avait demandé à l'officier la permission de risquer sa vie pour sauver le gabier. Sur un signe affirmatif de l'officier, il avait rompu d'un coup de marteau la chaîne rivée à la manille de son pied, puis il avait pris une corde, et il s'était élancé dans les haubans. Personne ne remarqua en cet instant-là avec quelle facilité cette chaîne fut brisée. Ce ne fut que plus tard qu'on s'en souvint.

En un clin d'œil il fut sur la vergue. Il s'arrêta quelques secondes et parut la mesurer du regard. Ces secondes, pendant lesquelles le vent balançait le gabier à l'extrémité d'un fil, semblèrent des siècles à ceux qui regardaient. Enfin le forçat leva les yeux au ciel, et fit un pas en avant. La foule respira. On le vit parcourir la vergue en courant. Parvenu à la pointe, il y attacha un bout de la corde qu'il avait apportée et laissa pendre l'autre bout, puis il se mit à descendre avec les mains le long de cette corde, et alors ce fut une inexprimable angoisse, au lieu d'un homme suspendu sur le gouffre, on en vit deux.

Dix mille regards étaient fixés sur ce groupe. Pas un cri, pas une parole.

Cependant le forçat était parvenu à s'affaler près du matelot, l'avait amarré solidement avec la corde à laquelle il se tenait d'une main pendant qu'il travaillait de l'autre. Enfin on le vit remonter sur la vergue et y haler le matelot ; il le soutint là un instant pour lui laisser reprendre ses forces, puis il le saisit dans ses bras et le porta en marchant sur la vergue jusqu'au chouquet, et de là dans la hune où il le laissa dans les mains de ses camarades.

A cet instant la foule applaudit.

Lui, cependant, s'était mis en devoir de redescendre immédiatement pour rejoindre sa corvée. Pour être plus promptement arrivé, il se laissa glisser dans le gréement et se mit à courir sur une basse vergue. Tous les yeux le suivaient. A un certain moment, on eut peur ; soit qu'il fût fatigué, soit que la tête lui tournât, on crut le voir hésiter et chanceler.

Tout à coup la foule poussa un grand cri, le forçat venait de tomber à la mer.

La chute était périlleuse. La frégate l'*Algésiras* était mouillée près de l'*Orion*, et le pauvre galérien était tombé entre les deux navires. Quatre hommes se jetèrent en hâte dans une embarcation. La foule les encourageait, l'anxiété était de nouveau dans toutes les âmes. L'homme n'était pas remonté à la surface. Il avait disparu dans la mer sans y faire un pli, comme s'il fût tombé dans une tonne d'huile. On sonda, on plongea. Ce fut en vain. On chercha jusqu'au soir ; on ne retrouva pas même le corps.

Le lendemain, le journal de Toulon imprimait ces quelques lignes : « 17 novembre 1823. — Hier, un forçat de corvée à bord de l'*Orion*, en revenant de porter secours à un matelot, est tombé à la mer et s'est noyé. On n'a pu retrouver son cadavre. Cet homme était écroué sous le n° 9430 et se nommait Jean Valjean. »

2

Deux portraits complétés

Montfermeil est situé entre Livry et Chelles, sur la lisière méridionale de ce haut plateau qui sépare l'Ourcq de la Marne. C'était un endroit paisible et charmant, qui n'était sur la route de rien ; on y vivait à bon marché de cette vie paysanne si abondante et si facile. Seulement l'eau y était rare à cause de l'élévation du plateau. Il fallait aller la chercher assez loin. C'était donc une assez rude besogne pour chaque ménage que cet approvisionnement de l'eau. Les grosses maisons, la gargote Thénardier, payaient un liard par seau d'eau à un bonhomme dont c'était l'état et qui gagnait à cette entreprise des eaux de Montfermeil environ huit sous par jour ; mais ce bonhomme ne travaillait que jusqu'à sept heures du soir l'été et jusqu'à cinq heures l'hiver, et une fois la nuit venue, qui n'avait pas d'eau à boire en allait chercher ou s'en passait.

C'était là la terreur de la petite Cosette. On se souvient que Cosette était utile aux Thénardier de deux manières, ils se faisaient payer par la mère et ils se faisaient servir par l'enfant. Aussi quand la mère cessa tout à fait de payer, les Thénardier gardèrent Cosette. Elle leur remplaçait une servante. En cette qualité, c'était elle qui courait chercher de l'eau quand il en fallait. Aussi l'enfant, fort épouvantée de l'idée d'aller à la source la nuit, avait-elle grand soin que l'eau ne manquât jamais à la maison.

La Noël de l'année 1823 fut particulièrement brillante à Montfermeil. Des bateleurs venus de Paris avaient obtenu de M. le maire la permission de dresser leurs baraques dans la grande rue du village, et une bande de marchands ambulants avait, sous la même tolérance, construit ses échoppes sur la place de l'église et jusque dans la ruelle du Boulanger, où était située la gargote des Thénardier. Cela emplissait les auberges et les cabarets, et donnait à ce petit pays tranquille une vie bruyante et joyeuse.

Dans la soirée même de Noël plusieurs hommes, rouliers et colporteurs, étaient attablés et buvaient autour de quatre ou cinq chandelles dans la salle basse de l'auberge Thénardier. La Thénardier surveillait le souper qui rôtissait devant un bon feu clair; le mari Thénardier buvait avec ses hôtes et parlait politique.

Cosette était à sa place ordinaire, assise sur la traverse de la table de cuisine près de la cheminée. Elle était en haillons, elle avait ses pieds nus dans des sabots, et elle tricotait à la lueur du feu des bas de laine destinés aux petites Thénardier. Un tout jeune chat jouait sous les chaises. On entendait rire et jaser dans une pièce voisine deux fraîches voix d'enfants ; c'étaient Éponine et Azelma.

Au coin de la cheminée, un martinet était suspendu à un clou.

Par intervalles, le cri d'un très jeune enfant, qui était quelque part dans la maison, perçait au milieu du bruit du cabaret. C'était un petit garçon que la Thénardier avait eu un des hivers précédents, — « sans savoir pourquoi, disait-elle : effet du froid » —, et qui était âgé d'un peu plus de trois ans. La mère l'avait nourri, mais ne l'aimait pas. Quand la clameur acharnée du mioche devenait trop importune : — Ton fils piaille, disait Thénardier, va donc voir ce qu'il veut. — Bah ! répondait la mère, il m'ennuie. — Et le petit abandonné continuait de crier dans les ténèbres.

Thénardier venait de dépasser ses cinquante ans ; Mme Thénardier touchait à la quarantaine.

Les lecteurs ont peut-être, dès sa première apparition, conservé quelque souvenir de cette Thénardier grande, blonde, rouge, grasse, charnue, carrée, énorme et agile. Elle faisait tout dans le logis, les lits, les chambres, la lessive, la cuisine, la pluie, le beau temps, le diable. Elle avait pour tout domestique Cosette ; une souris au service d'un éléphant. Tout tremblait au son de sa voix, les vitres, les meubles et les gens. Son large visage, criblé de taches de rousseur, avait l'aspect d'une écumoire. Elle avait de la barbe. Elle se vantait de casser une noix d'un coup de poing. Quand on l'entendait parler, on disait : C'est un gendarme ; quand on la regardait boire, on disait : C'est un charretier ; quand on la voyait manier Cosette, on disait : C'est le bourreau. Au repos, il lui sortait de la bouche une dent.

Le Thénardier était un homme petit, maigre, blême, anguleux, osseux, chétif, qui avait l'air malade et qui se portait à merveille, sa fourberie commençait là. Il souriait habituellement par précaution, et était poli à peu près avec tout le monde, même avec le mendiant auquel il refusait un liard. Il avait le regard d'une fouine et la mine d'un homme de lettres. Sa coquetterie consistait à boire avec les rouliers. Personne n'avait jamais pu le griser. Il fumait dans une grosse pipe. Il portait une blouse et sous sa blouse un vieil habit noir. Il avait des prétentions à la littérature. Il contait avec quelque luxe qu'à Waterloo, étant sergent dans un 6e ou 9e léger quelconque, il avait, seul contre un escadron de hussards de la mort, couvert de son corps et sauvé à travers la mitraille « le général Pontmercy dangereusement blessé ». De là, venait, pour son mur, sa flamboyante enseigne, et, pour son auberge, dans le pays, le nom de « cabaret du sergent de Waterloo ». Il était libéral, classique et bonapartiste.

Nous croyons qu'il avait simplement étudié en

Hollande pour être aubergiste. Ce gredin de l'ordre composite était, selon les probabilités, quelque Flamand de Lille en Flandre, Français à Paris, Belge à Bruxelles, commodément à cheval sur deux frontières. Sa prouesse à Waterloo, il l'exagérait un peu. En fait, Thénardier appartenait à cette variété de cantiniers maraudeurs, battant l'estrade, vendant à ceux-ci, volant ceux-là, et roulant en famille, homme, femme et enfants, dans quelque carriole boiteuse, à la suite des troupes en marche, avec l'instinct de se rattacher toujours à l'armée victorieuse. Après la campagne de Waterloo, ayant, comme il disait, « du quibus », il était venu ouvrir gargote à Montfermeil.

Ce quibus composé des bourses et des montres, des bagues d'or et des croix d'argent, récoltées au temps de la moisson dans les sillons ensemencés de cadavres, ne faisait pas un gros total et n'avait pas mené bien loin ce vivandier passé gargotier.

Thénardier était sournois, gourmand, flâneur et habile. Thénardier était attentif et pénétrant, silencieux ou bavard à l'occasion, et toujours avec une haute intelligence. Thénardier, par-dessus tout, homme d'astuce et d'équilibre, était un coquin du genre tempéré. Cette espèce est la pire ; l'hypocrisie s'y mêle. Il n'avait qu'une pensée : s'enrichir.

En cette même année 1823, Thénardier était endetté d'environ quinze cents francs de dettes criardes, ce qui le rendait soucieux.

Quelle que fût envers lui l'injustice opiniâtre de la

destinée, le Thénardier était un des hommes qui comprenaient le mieux, avec le plus de profondeur et de la façon la plus moderne, cette chose qui est une vertu chez les peuples barbares et une marchandise chez les peuples civilisés, l'hospitalité. Du reste braconnier admirable et cité pour son coup de fusil. Il avait un certain rire froid et paisible qui était particulièrement dangereux.

Ses théories d'aubergiste jaillissaient quelquefois de lui par éclairs. Il avait des aphorismes professionnels qu'il insérait dans l'esprit de sa femme.

— « Le devoir de l'aubergiste, lui disait-il un jour violemment et à voix basse, c'est de vendre au premier venu du fricot, du repos, de la lumière, du feu, des draps sales, de la bonne, des puces, du sourire ; d'arrêter les passants, de vider les petites bourses et d'alléger honnêtement les grosses, d'abriter avec respect les familles en route, de râper l'homme, de plumer la femme, d'éplucher l'enfant ; de coter la fenêtre ouverte, la fenêtre fermée, le coin de la cheminée, le fauteuil, la chaise, le tabouret, l'escabeau, le lit de plume, le matelas et la botte de paille ; de savoir de combien l'ombre use le miroir et de tarifer cela, et, par les cinq cent mille diables, de faire tout payer au voyageur, jusqu'aux mouches que son chien mange ! »

Cet homme et cette femme, c'était ruse et rage mariées ensemble. Cosette était entre eux, subissant leur double pression, comme une créature qui serait à la fois broyée par une meule et déchiquetée par une tenaille. L'homme et la femme avaient chacun une manière différente ; Cosette était rouée de coups, cela venait de la femme ; elle allait pieds nus l'hiver ; cela venait du mari.

Cosette montait, descendait, lavait, brossait, frottait, balayait, courait, trimait, haletait, remuait des choses lourdes, et, toute chétive, faisait les grosses besognes. Nulle pitié ! une maîtresse farouche, un maître venimeux. La gargote Thénardier était comme une toile où Cosette était prise et tremblait.

La pauvre enfant, passive, se taisait.

Il était arrivé quatre nouveaux voyageurs.

Cosette songeait tristement ; car, quoiqu'elle n'eût que huit ans, elle avait déjà tant souffert qu'elle rêvait avec l'air lugubre d'une vieille femme.

Elle avait la paupière noire d'un coup de poing que la Thénardier lui avait donné, ce qui faisait de temps en temps dire à la Thénardier : — Est-elle laide avec son pochon sur l'œil !

Cosette pensait donc qu'il était nuit, très nuit, qu'il avait fallu remplir à l'improviste les pots et les carafes dans les chambres des voyageurs survenus, et qu'il n'y avait plus d'eau dans la fontaine.

Ce qui la rassurait un peu, c'est qu'on ne buvait pas beaucoup d'eau dans la maison Thénardier. Il y eut pourtant un moment où l'enfant trembla : la Thénardier souleva le couvercle d'une casserole qui bouillait sur le fourneau, puis saisit un verre, et s'approcha vivement de la fontaine. Elle tourna le robinet, l'enfant avait levé la tête et suivait tous ses mouvements. Un maigre filet d'eau coula du robinet et remplit le verre à moitié. — Tiens, dit-elle, il n'y a plus d'eau! puis elle eut un moment de silence. L'enfant ne respirait pas.

— Bah! reprit la Thénardier en examinant le verre à demi plein, il y en aura assez comme cela.

Cosette se remit à son travail, mais pendant plus d'un quart d'heure elle sentit son cœur sauter comme un gros flocon dans sa poitrine.

Tout à coup, un des marchands colporteurs logés dans l'auberge entra, et dit d'une voix dure :

— On n'a pas donné à boire à mon cheval.

— Si fait vraiment, dit la Thénardier.

— Je vous dis que non, la mère.

Cosette était sortie de dessous la table.

— Oh! si! monsieur! dit-elle, le cheval a bu, il a bu dans le seau, plein le seau, et même que c'est moi qui lui ai porté à boire, et je lui ai parlé.

Cela n'était pas vrai. Cosette mentait.

— En voilà une qui est grosse comme le poing et qui ment gros comme la maison, s'écria le marchand. Je te dis qu'il n'a pas bu, petite drôlesse! Il a une manière de souffler, quand il n'a pas bu, que je connais bien.

Cosette persista et ajouta d'une voix enrouée par l'angoisse et qu'on entendait à peine :

— Et même qu'il a bien bu!

— Allons, reprit le marchand avec colère, ce n'est pas tout ça, qu'on donne à boire à mon cheval et que cela finisse!

Cosette rentra sous la table.

— Au fait, c'est juste, dit la Thénardier, si cette bête n'a pas bu, il faut qu'elle boive.

Puis, regardant autour d'elle :

— Eh bien, où est donc cette autre?

Elle se pencha et découvrit Cosette blottie à l'autre bout de la table, presque sous les pieds des buveurs.

— Vas-tu venir! cria la Thénardier.

Cosette sorti de l'espèce de trou où elle s'était cachée. La Thénardier reprit :

— Mademoiselle Chien-faute-de-nom, va porter à boire à ce cheval.

— Mais, madame, dit Cosette faiblement, c'est qu'il n'y a pas d'eau.

La Thénardier ouvrit toute grande la porte de la rue.

— Eh bien, va en chercher!

Cosette baissa la tête, et alla prendre un seau vide qui était au coin de la cheminée.

Ce seau était plus grand qu'elle, et l'enfant aurait pu s'asseoir dedans et y tenir à l'aise.

La Thénardier se remit à son fourneau, et goûta avec une cuillère de bois ce qui était dans la casserole, tout en grommelant :

— Il y en a encore à la source. Ce n'est pas plus malin que ça. Je crois que j'aurais mieux fait de passer mes oignons.

Puis elle fouilla dans un tiroir où il y avait des sous, du poivre et des échalotes :

— Tiens, mamselle Crapaud, ajouta-t-elle, en

revenant tu prendras un gros pain chez le boulanger. Voilà une pièce de quinze sous.

Cosette avait une petite poche de côté à son tablier; elle prit la pièce sans dire un mot, et la mit dans cette poche.

Puis elle resta immobile le seau à la main, la porte ouverte devant elle. Elle semblait attendre qu'on vînt à son secours.

— Va donc! cria la Thénardier.

Cosette sortit. La porte se referma.

3

La poupée

La file de boutiques en plein vent qui partait de l'église se développait, on s'en souvient, jusqu'à l'auberge Thénardier. Ces boutiques, à cause du passage prochain des bourgeois allant à la messe de minuit étaient toutes illuminées de chandelles brûlant dans des entonnoirs de papier.

— La dernière de ces baraques, établie précisément en face de la porte des Thénardier, était une boutique de bimbeloterie, toute reluisante de clinquants, de verroteries et de choses magnifiques en fer-blanc. Au premier rang, et en avant, le marchand avait placé, sur un fond de serviettes blanches, une immense poupée haute de près de deux pieds, qui était vêtue d'une robe de crêpe rose avec des épis d'or sur la tête et qui avait de vrais cheveux et des yeux en émail. Tout le jour, cette merveille avait été étalée à l'ébahissement des passants de moins de dix ans, sans qu'il se fût trouvé à Montfermeil une mère assez riche ou assez prodigue pour la donner à son enfant. Éponine et Azelma avaient passé des heures à la contempler, et Cosette elle-même, furtivement, il est vrai, avait osé la regarder.

Au moment où Cosette sortit, son seau à la main, si morne et si accablée qu'elle fût, elle ne put s'empêcher de lever les yeux sur cette prodigieuse poupée, vers la *dame* comme elle l'appelait. La pauvre enfant s'arrêta pétrifiée. Elle n'avait pas encore vu cette poupée de près. Toute cette boutique lui semblait un palais. C'était la joie, la splendeur, la richesse, le bonheur, qui apparaissaient dans une sorte de rayonnement chimérique à ce malheureux petit être englouti si profondément dans une misère funèbre et froide. Cosette se disait qu'il fallait être reine ou au moins princesse pour avoir une « chose » comme cela.

Dans cette adoration, elle oubliait tout, même la commission dont elle était chargée. Tout à coup, la voix rude de la Thénardier la rappela à la réalité : — Comment, péronnelle, tu n'es pas partie ! Attends ! je vais à toi ! Je vous demande un peu ce qu'elle fait là ! Petit monstre, va !

Cosette s'enfuit emportant son seau et faisant les plus grands pas qu'elle pouvait.

C'était à la source du bois du côté de Chelles que Cosette devait aller puiser de l'eau.

Elle ne regarda plus un seul étalage de marchand. Tant qu'elle fut dans la ruelle du Boulanger et dans les environs de l'église, les boutiques illuminées éclairaient le chemin, mais bientôt la dernière lueur de la dernière baraque disparut. La pauvre enfant se trouva dans l'obscurité. Elle s'y enfonça. Seulement, comme une certaine émotion la gagnait, tout en marchant elle agitait le plus qu'elle pouvait l'anse du seau. Cela faisait un bruit qui lui tenait compagnie.

Quand elle eut passé l'angle de la dernière maison, Cosette s'arrêta. Aller au-delà de la dernière boutique avait été difficile ; aller plus loin que la dernière maison, cela devenait impossible. Elle posa le seau à terre. Ce n'était plus Montfermeil, c'étaient les champs. L'espace noir et désert était devant elle. Elle regarda avec désespoir cette obscurité où il n'y avait plus personne, où il y avait des bêtes, où il y avait peut-être des revenants. Elle regarda bien, et elle entendit les bêtes qui marchaient dans l'herbe, et elle vit distinctement les revenants qui remuaient dans les arbres. Alors elle ressaisit le seau, la peur lui donnait de l'audace : — Bah ! dit-elle, je lui dirai qu'il n'y avait plus d'eau ! — Et elle rentra résolument dans Montfermeil.

A peine eut-elle fait cent pas qu'elle s'arrêta encore, et se mit à se gratter la tête. Maintenant, c'était la Thénardier qui lui apparaissait ; la Thénardier hideuse avec sa bouche d'hyène et la colère flamboyante dans les yeux. L'enfant jeta un regard lamentable en avant et en arrière. Que faire ? que devenir? où aller? Devant elle le spectre de la Thénardier; derrière elle tous les fantômes de la nuit et des bois. Ce fut devant la Thénardier qu'elle recula. Elle reprit le chemin de la source et se mit à courir. Elle sortit du village en courant, elle entra dans le bois en courant, ne regardant plus rien, n'écoutant plus rien. Elle n'arrêta sa course que lorsque la respiration lui manqua, mais elle n'interrompit point sa marche. Elle allait devant elle, éperdue.

Tout en courant elle avait envie de pleurer.

Le frémissement nocturne de la forêt l'enveloppait tout entière. Elle arriva enfin à la source.

Cosette ne prit pas le temps de respirer. Il faisait très noir, mais elle avait l'habitude de venir à cette fontaine. Elle chercha de la main gauche dans l'obscurité un jeune chêne incliné sur la source qui lui servait ordinairement de point d'appui, rencontra une branche, s'y suspendit, se pencha et plongea le seau dans l'eau. Elle était dans un moment si violent que ses forces étaient triplées. Pendant qu'elle était ainsi penchée, elle ne fit pas attention que la poche de son tablier se vidait dans la source. La pièce de quinze sous tomba dans l'eau. Cosette ne la vit ni ne l'entendit tomber. Elle retira le seau presque plein et le posa sur l'herbe.

Cela fait, elle s'aperçut qu'elle était épuisée de lassitude. Elle eût bien voulu repartir tout de suite; mais l'effort de remplir le seau avait été tel qu'il lui fut impossible de faire un pas. Elle fut bien forcée de s'asseoir. Elle se laissa tomber sur l'herbe et y demeura accroupie.

Elle ferma les yeux, puis elle les rouvrit. A côté d'elle l'eau agitée dans le seau faisait des cercles qui ressemblaient à des serpents de feu blanc.

Au-dessus de sa tête, le ciel était couvert de vastes nuages noirs.

Un vent froid soufflait de la plaine. Le bois était ténébreux, sans aucun froissement de feuilles. De grands branchages s'y dressaient affreusement. Des buissons chétifs et difformes sifflaient dans les clairières. Les hautes herbes fourmillaient sous la bise comme des anguilles. Les ronces se tordaient comme de longs bras armés de griffes.

Sans se rendre compte de ce qu'elle éprouvait, Cosette se sentait saisir par cette énormité noire de la nature. Ce n'était plus seulement de la terreur qui la gagnait, c'était quelque chose de plus terrible même que la terreur. Elle frissonnait.

Alors, pour sortir de cet état singulier qu'elle ne comprenait pas, mais qui l'effrayait, elle se mit à compter à haute voix un, deux, trois, quatre, jusqu'à dix, et quand elle eut fini, elle recommença. Cela lui rendit la perception vraie des choses qui l'entouraient. Elle sentit le froid à ses mains qu'elle avait mouillées en puisant de l'eau. Elle se leva. La peur lui était revenue, une peur naturelle et insurmontable. Elle n'eut plus qu'une pensée, s'enfuir; s'enfuir à toutes jambes, à travers bois, à travers champs, jusqu'aux maisons, jusqu'aux fenêtres,

jusqu'aux chandelles allumées. Son regard tomba sur le seau qui était devant elle. Tel était l'effroi que lui inspirait la Thénardier qu'elle n'osa pas s'enfuir sans le seau d'eau. Elle saisit l'anse à deux mains. Elle eut de la peine à soulever le seau.

Elle fit ainsi une douzaine de pas, mais le seau plein était lourd, elle fut forcée de le reposer à terre. Elle respira un instant, puis elle enleva l'anse de nouveau, et se remit à marcher, cette fois un peu plus longtemps. Mais il fallut s'arrêter encore. Après quelques secondes de repos, elle repartit. Elle marchait penchée en avant, la tête baissée, comme une vieille ; le poids du seau tendait et roidissait ses bras maigres ; l'anse de fer achevait d'engourdir et de geler ses petites mains mouillées ; de temps en temps elle était forcée de s'arrêter, et chaque fois qu'elle s'arrêtait l'eau froide qui débordait du seau tombait sur ses jambes nues. Cela se passait au fond d'un bois, la nuit, en hiver, loin de tout regard humain ; c'était un enfant de huit ans. Il n'y avait que Dieu en ce moment qui voyait cette chose triste.

Elle soufflait avec une sorte de râlement douloureux ; des sanglots lui serraient la gorge, mais elle n'osait pas pleurer, tant elle avait peur de la Thénardier, même loin.

Cependant elle ne pouvait pas faire beaucoup de chemin de la sorte, et elle allait bien lentement. Elle pensait avec angoisse qu'il lui faudrait plus d'une heure pour retourner ainsi à Montfermeil et que la Thénardier la battrait. Cette angoisse se mêlait à son épouvante d'être seule dans le bois la nuit. Elle était harassée de fatigue et n'était pas encore sortie de la forêt. Parvenue près d'un vieux châtaignier qu'elle connaissait, elle fit une dernière halte plus longue que les autres pour se bien reposer, puis elle rassembla toutes ses forces, reprit le seau et se remit à marcher courageusement.

En ce moment, elle sentit tout à coup que le seau ne pesait plus rien. Une main, qui lui parut énorme, venait de saisir l'anse et la soulevait vigoureusement. Elle leva la tête. Une grande forme noire, droite et debout, marchait auprès d'elle dans l'obscurité. C'était un homme qui était arrivé derrière elle et qu'elle n'avait pas entendu venir. Cet homme, sans dire un mot, avait empoigné l'anse du seau qu'elle portait.

4

Cosette et l'inconnu

Dans l'après-midi de cette même journée de Noël 1823, un homme se promena assez longtemps dans la partie la plus déserte du boulevard de l'Hôpital à Paris. Cet homme avait l'air de quelqu'un qui cherche un logement, et semblait s'arrêter de préférence aux plus modestes maisons de cette lisière délabrée du faubourg Saint-Marceau.

On verra plus loin que cet homme avait en effet loué une chambre dans ce quartier isolé.

Il avait un chapeau rond fort vieux et fort brossé, une redingote râpée jusqu'à la corde en gros drap jaune d'ocre, un grand gilet à poches de forme séculaire, des culottes noires devenues grises aux genoux, des bas de laine et d'épais souliers à boucles de cuivre. Il avait des cheveux tout blancs.

Sa lèvre se contractait avec un pli étrange, qui semblait sévère et qui était humble. Il y avait au fond de son regard on ne sait quelle sérénité lugubre. Il portait de la main gauche un petit paquet noué dans un mouchoir; de la droite il s'appuyait sur une espèce de bâton coupé dans une haie.

Il y a peu de passants sur ce boulevard, surtout l'hiver. Cet homme, sans affectation pourtant, paraissait les éviter plutôt que les chercher.

A cette époque le roi Louis XVIII allait presque tous les jours à Choisy-le-Roi. C'était une de ses promenades favorites. Vers deux heures, presque invariablement, on voyait la voiture et la cavalcade royale passer ventre à terre sur le boulevard de l'Hôpital.

Des gens de police, qui éclairaient le passage du roi, remarquèrent le promeneur à la redingote jaune et l'un d'eux reçut l'ordre de le suivre. Mais l'homme s'enfonça dans les petites rues solitaires du faubourg, et, comme le jour commençait à baisser, l'agent perdit sa trace.

Quand l'homme à la redingote jaune eut dépisté l'agent, il doubla le pas, non sans s'être retourné bien des fois pour s'assurer qu'il n'était pas suivi. Un instant après, il était dans le cul-de-sac de la Planchette, et il entrait au *Plat d'étain*, où était alors le bureau de la voiture de Lagny. Cette voiture partait à quatre heures et demie. Les chevaux étaient attelés, et les voyageurs, appelés par le cocher, escaladaient en hâte le haut escalier de fer du coucou.

L'homme demanda :

— Avez-vous une place?

— Une seule, à côté de moi, sur le siège, dit le cocher.

— Je la prends.

— Montez.

Cependant, avant de partir, le cocher jeta un coup d'œil sur le costume médiocre du voyageur, sur la petitesse de son paquet, et se fit payer.

— Allez-vous jusqu'à Lagny? demanda le cocher.

— Oui, dit l'homme.

Le voyageur paya jusqu'à Lagny.

On partit. Quand on eut passé la barrière, le cocher essaya de nouer la conversation, mais le voyageur ne répondait que par monosyllabes. Le cocher prit le parti de siffler et de jurer après ses chevaux.

Vers six heures du soir on était à Chelles. Le cocher s'arrêta pour laisser souffler ses chevaux, devant l'auberge à rouliers installée dans les vieux bâtiments de l'abbaye royale.

— Je descends ici, dit l'homme.

Il prit son paquet et son bâton, et sauta à bas de la voiture.

Un instant après, il avait disparu. Il n'était pas entré dans l'auberge.

Le cocher se tourna vers les voyageurs de l'intérieur.

— Voilà, dit-il, un homme qui n'est pas d'ici, car

je ne le connais pas. Il a l'air de n'avoir pas le sou, cependant, il ne tient pas à l'argent ; il paye pour Lagny, et il ne va que jusqu'à Chelles. Il est nuit, toutes les maisons sont fermées, il n'entre pas à l'auberge, et on ne le retrouve plus. Il s'est donc enfoncé dans la terre.

L'homme ne s'était pas enfoncé dans la terre. Il ne rentra pas dans le chemin de Montfermeil ; il prit à droite, à travers champs, et gagna à grands pas le bois de Chelles.

Quand il fut dans le bois, il ralentit sa marche, et se mit à regarder soigneusement tous les arbres, avançant pas à pas, comme s'il cherchait et suivait une route mystérieuse connue de lui seul. Il y eut un moment où il parut se perdre et où il s'arrêta indécis. Enfin il arriva, de tâtonnements en tâtonnements, à une clairière où il y avait un monceau de grosses pierres blanchâtres. Il se dirigea vivement vers un châtaignier malade d'une décortication, auquel on avait mis pour pansement une bande de zinc clouée. Il se haussa sur la pointe des pieds et toucha cette bande de zinc...

Puis il piétina pendant quelque temps sur le sol dans l'espace compris entre l'arbre et les pierres, comme quelqu'un qui s'assure que la terre n'a pas été fraîchement remuée.

Cela fait, il s'orienta et reprit sa marche à travers le bois.

C'était cet homme qui venait de rencontrer Cosette.

En cheminant par le taillis dans la direction de Montfermeil, il avait aperçu cette petite ombre qui se mouvait avec un gémissement. Il s'était approché et avait reconnu que c'était un tout jeune enfant chargé d'un énorme seau d'eau. Alors il était allé à l'enfant, et avait pris silencieusement l'anse du seau.

L'homme adressa la parole à Cosette. Il parlait d'une voix grave et presque basse.

— Mon enfant, c'est bien lourd pour vous ce que vous portez là.

Cosette leva la tête et répondit :

— Oui, monsieur.

— Donnez, reprit l'homme, je vais vous le porter.

Cosette lâcha le seau.

— Petite, quel âge as-tu?

— Huit ans, monsieur.

— Et viens-tu de loin comme cela?

— De la source qui est dans le bois.

— Et est-ce loin où tu vas?

— A un bon quart d'heure d'ici.

L'homme resta un moment sans parler, puis il dit brusquement.

— Tu n'as donc pas de mère?

— Je ne crois pas. Les autres en ont. Moi, je n'en ai pas. Je crois que je n'en ai jamais eu.

L'homme s'arrêta, il posa le seau à terre, se pencha et mit ses deux mains sur les deux épaules de l'enfant, faisant effort pour la regarder et voir son visage dans l'obscurité.

La figure maigre et chétive de Cosette se dessinait vaguement à la lueur livide du ciel.

— Comment t'appelles-tu? dit l'homme.

— Cosette.

L'homme eut comme une secousse électrique. Il la regarda encore puis il ôta ses mains de dessus les épaules de Cosette, saisit le seau, et se remit à marcher.

Au bout d'un instant, il demanda :

— Petite, où demeures-tu?

— A Montfermeil, si vous connaissez.

— Qui est-ce donc qui t'a envoyée à cette heure chercher de l'eau dans le bois?

— C'est Mme Thénardier.

L'homme repartit d'un son de voix qu'il voulait s'efforcer de rendre indifférent, mais où il y avait pourtant un tremblement singulier :

— Qu'est-ce qu'elle fait, ta Mme Thénardier?

— C'est ma bourgeoise, dit l'enfant. Elle tient l'auberge.

— L'auberge? dit l'homme. Eh bien, je vais aller y loger cette nuit. Conduis-moi.

L'homme marchait assez vite. Cosette le suivait sans peine. Elle ne sentait plus la fatigue.

Quelques minutes s'écoulèrent. L'homme reprit :

— Est-ce qu'il n'y a pas de servante chez Mme Thénardier?

— Non, monsieur.

— Est-ce que tu es seule?

— Oui, monsieur. C'est-à-dire il y a deux petites filles.

— Quelles petites filles?

— Ponine et Zelma.

— Qu'est-ce que c'est que Ponine et Zelma?

— Ce sont les demoiselles de Mme Thénardier. Comme qui dirait ses filles.

— Et que font-elles, celles-là?

— Oh! dit l'enfant, elles ont de belles poupées, des choses où il y a de l'or, tout plein d'affaires. Elles jouent, elles s'amusent.

— Et toi?

— Moi, je travaille. Des fois, quand j'ai fini l'ouvrage et qu'on veut bien, je m'amuse aussi.

— Comment t'amuses-tu?

— Comme je peux. On me laisse. Mais je n'ai pas beaucoup de joujoux. Ponine et Zelma ne veulent pas que je joue avec leurs poupées. Je n'ai qu'un petit sabre en plomb, pas plus long que ça.

L'enfant montrait son petit doigt.

— Et qui ne coupe pas?

— Si, monsieur, dit l'enfant, ça coupe la salade et les têtes de mouches.

Ils atteignirent le village; Cosette guida l'étranger dans les rues. Ils passèrent devant la boulangerie, mais Cosette ne songea pas au pain qu'elle devait rapporter. L'homme avait cessé de lui faire des questions et gardait maintenant un silence morne. Quand ils eurent laissé l'église derrière eux, l'homme, voyant toutes ces boutiques en plein vent, demanda à Cosette :

— C'est donc la foire ici?

— Non, monsieur, c'est Noël.

Comme ils approchaient de l'auberge, Cosette lui toucha le bras timidement :

— Monsieur?

— Quoi, mon enfant?

— Nous voilà tout près de la maison. Voulez-vous me laisser reprendre le seau à présent?

— Pourquoi?

— C'est que, si madame voit qu'on me l'a porté, elle me battra.

L'homme lui remit le seau. Un instant après, ils étaient à la porte de la gargote.

5

Les Thénardier à la manœuvre

Cosette ne put s'empêcher de jeter un regard de côté à la grande poupée toujours étalée chez le bimbelotier, puis elle frappa. La porte s'ouvrit. La Thénardier parut, une chandelle à la main.

— Ah ! c'est toi, petite gueuse ! Dieu merci, tu y as mis le temps ! elle se sera amusée, la drôlesse !

— Madame, dit Cosette toute tremblante, voilà un monsieur qui vient loger.

La Thénardier remplaça bien vite sa mine bourrue par sa grimace aimable, changement à vue propre aux aubergistes, et chercha avidement des yeux le nouveau venu.

— C'est monsieur ? dit-elle.

— Oui, madame, répondit l'homme en portant la main à son chapeau.

L'inspection du costume et du bagage de l'étranger que la Thénardier passa en revue d'un coup d'œil fit évanouir la grimace aimable et reparaître la mine bourrue. Elle reprit sèchement :

— Entrez, bonhomme.

Le « bonhomme » entra. La Thénardier jeta un coup d'œil à son mari, lequel buvait toujours avec les rouliers. Le mari répondit par cette imperceptible agitation de l'index qui, appuyée du gonflement des lèvres, signifie en pareil cas : débine complète. Sur ce, la Thénardier s'écria :

— Ah ça, brave homme, je suis bien fâchée, mais c'est que je n'ai plus de place.

— Mettez-moi où vous voudrez, dit l'homme, au grenier, à l'écurie. Je payerai comme si j'avais une chambre.

— Quarante sous.

— Quarante sous. Soit.

Cependant l'homme, après avoir laissé sur un banc son paquet et son bâton, s'était assis à une table où Cosette s'était empressée de poser une bouteille de vin et un verre. Le marchand qui avait demandé le seau d'eau était allé lui-même le porter à son cheval. Cosette avait repris sa place sous la table de cuisine et son tricot.

L'homme, qui avait à peine trempé ses lèvres dans le verre de vin qu'il s'était versé, considérait l'enfant avec une attention étrange.

Cosette était laide. Heureuse, elle eût peut-être été jolie. Cosette était maigre et blême ; elle avait près de huit ans, on lui en eût donné à peine six. Ses grands yeux enfoncés dans une sorte d'ombre étaient presque éteints à force d'avoir pleuré. Les coins de sa bouche avaient cette courbe de l'angoisse habituelle. Ses mains étaient perdues d'engelures. Le feu qui l'éclairait en ce moment faisait saillir les angles de ses os et rendait sa maigreur affreusement visible. Comme elle grelottait toujours, elle avait pris l'habitude de serrer ses deux genoux l'un contre l'autre. Tout son vêtement n'était qu'un haillon qui eût fait pitié l'été et qui faisait horreur l'hiver. Elle n'avait sur elle que de la toile trouée; pas un chiffon de laine. On voyait sa peau çà et là, et l'on y distinguait partout des taches bleues ou noires qui indiquaient les endroits où la Thénardier l'avait touchée. Ses jambes nues étaient rouges et grêles. Le creux de ses clavicules était à faire pleurer. Toute la personne de cette enfant, son allure, son attitude, le son de sa voix, ses intervalles entre un mot et l'autre, son regard, son silence, son moindre geste, exprimaient et traduisaient une seule idée, la crainte.

Cette crainte était telle qu'en arrivant, toute mouillée comme elle était, Cosette n'avait pas osé s'aller sécher au feu et s'était remise silencieusement à son travail.

L'homme à la redingote jaune ne quittait pas Cosette des yeux.

Tout à coup la Thénardier s'écria :

— À propos! et ce pain?

Cosette sortit bien vite de dessous la table. Elle

avait complètement oublié ce pain. Elle eut recours à l'expédient des enfants toujours effrayés. Elle mentit.

— Madame, le boulanger était fermé.

— Je saurai demain si c'est vrai, dit la Thénardier, et si tu mens tu auras une fière danse. En attendant, rends-moi donc la pièce-quinze sous.

Cosette plongea sa main dans la poche de son tablier, et devint verte. La pièce de quinze sous n'y était plus.

— Ah ça! dit la Thénardier, m'as-tu entendue?

Cosette retourna la poche. Il n'y avait rien. La malheureuse petite était pétrifiée.

— Est-ce que tu l'as perdue, la pièce-quinze sous? râla la Thénardier, ou bien est-ce que tu veux me la voler?

En même temps elle allongea le bras vers le martinet suspendu à l'angle de la cheminée.

Ce geste redoutable rendit à Cosette la force de crier :

— Grâce! madame! madame! je ne le ferai plus.

La Thénardier détacha le martinet.

Cependant l'homme à la redingote jaune avait fouillé dans le gousset de son gilet, sans qu'on eût remarqué ce mouvement.

Cosette se pelotonnait avec angoisse dans l'angle de la cheminée, tâchant de ramasser et de dérober ses pauvres membres demi-nus. La Thénardier leva le bras.

— Pardon, madame, dit l'homme, mais tout à

l'heure j'ai vu quelque chose qui est tombé de la poche du tablier de cette petite et qui a roulé. C'est peut-être cela.

En même temps, il se baissa et parut chercher à terre un instant.

— Justement, voici, reprit-il en se relevant.

Et il tendit une pièce d'argent à la Thénardier.

— Oui, c'est cela, dit-elle.

Ce n'était pas cela, car c'était une pièce de vingt sous, mais la Thénardier y trouvait du bénéfice. Elle mit la pièce dans sa poche, et se borna à jeter un regard farouche à l'enfant en disant : — Que cela ne t'arrive plus, toujours !

Cosette rentra dans ce que la Thénardier appelait « sa niche », et son grand œil, fixé sur le voyageur inconnu, commença à prendre une expression qu'il n'avait jamais eue. Ce n'était encore qu'un naïf étonnement, mais une sorte de confiance stupéfaite s'y mêlait.

Cependant une porte s'était ouverte et Éponine et Azelma étaient entrées.

C'étaient vraiment deux jolies petites filles, plutôt bourgeoises que paysannes, très charmantes, l'une avec ses tresses châtaines bien lustrées, l'autre avec ses longues nattes noires tombant derrière le dos. Ces deux petites dégageaient de la lumière. Quand elles entrèrent, la Thénardier leur dit d'un ton grondeur, qui était plein d'adoration : — Ah ! vous voilà donc, vous autres !

Elles vinrent s'asseoir au coin du feu. Elles avaient

une poupée qu'elles tournaient et retournaient sur leurs genoux avec toutes sortes de gazouillements joyeux. De temps en temps, Cosette levait les yeux de son tricot, et les regardait jouer d'un air lugubre.

Éponine et Azelma ne regardaient pas Cosette. C'était pour elles comme le chien.

La poupée des sœurs Thénardier était très fanée et très vieille et toute cassée, mais elle n'en paraissait pas moins admirable à Cosette, qui de sa vie n'avait eu une *vraie poupée.*

Tout à coup, la Thénardier, qui continuait d'aller et de venir dans la salle, s'aperçut que Cosette avait des distractions et qu'au lieu de travailler elle s'occupait des petites qui jouaient.

— Ah! je t'y prends! cria-t-elle. Je vais te faire travailler à coups de martinet, moi.

L'étranger, sans quitter sa chaise, se tourna vers la Thénardier.

— Madame, dit-il en souriant d'un air presque craintif, bah! laissez-la jouer!

De la part de tout voyageur qui eût mangé une tranche de gigot et bu deux bouteilles de vin à son souper et qui n'eût pas eu l'air *d'un affreux pauvre,* un pareil souhait eût été un ordre. Mais qu'un homme qui avait ce chapeau se permît d'avoir un désir et qu'un homme qui avait cette redingote se permît d'avoir une volonté, c'est ce que la Thénardier ne crut pas devoir tolérer. Elle repartit aigrement :

— Il faut qu'elle travaille, puisqu'elle mange.

— Qu'est-ce qu'elle fait donc? reprit l'étranger de cette voix douce qui contrastait si étrangement avec ses habits de mendiant et ses épaules de portefaix.

La Thénardier daigna répondre :

— Des bas, s'il vous plaît. Des bas pour mes petites filles qui n'en ont pas, autant dire, et qui vont tout à l'heure pieds nus.

L'homme regarda les pauvres pieds rouges de Cosette, et continua :

— Et combien peut valoir cette paire de bas, quand elle sera faite?

La Thénardier lui jeta un coup d'œil méprisant.

— Au moins trente sous.

— J'achète cette paire de bas, répondit l'homme, et, ajouta-t-il en tirant de sa poche une pièce de cinq francs qu'il posa sur la table, je la paye.

Puis il se tourna vers Cosette.

— Maintenant ton travail est à moi. Joue, mon enfant.

La Thénardier n'avait rien à répliquer. Elle se mordit les lèvres et son visage prit une expression de haine.

Cependant Cosette tremblait. Elle se risqua à demander :

— Madame, est-ce que c'est vrai? est-ce que je peux jouer?

— Joue! dit la Thénardier d'une voix terrible.

— Merci, madame, dit Cosette.

Et, pendant que sa bouche remerciait la Thénardier, toute sa petite âme remerciait le voyageur.

Cosette avait laissé là son tricot, mais elle n'était pas sortie de sa place. Cosette bougeait toujours le moins possible. Elle avait pris dans une boîte derrière elle quelques vieux chiffons et son petit sabre de plomb.

Éponine et Azelma ne faisaient aucune attention à ce qui se passait. Elles venaient d'exécuter une opération fort importante ; elles s'étaient emparées du chat. Elles avaient jeté la poupée à terre, et Éponine, qui était l'aînée, emmaillotait le petit chat, malgré ses miaulements et ses contorsions, avec une foule de nippes et de guenilles rouges et bleues. Tout en faisant ce grave et difficile travail, elle disait à sa sœur :

— Vois-tu, ma sœur, cette poupée-là est plus amusante que l'autre. Elle remue, elle crie, elle est chaude. Vois-tu, ma sœur, jouons avec.

Azelma écoutait Éponine avec admiration.

Pendant qu'Éponine et Azelma emmaillotaient le chat, Cosette de son côté avait emmailloté le sabre. Cela fait, elle l'avait couché sur ses bras, et elle chantait doucement pour l'endormir.

La Thénardier, elle, s'était rapprochée de *l'homme jaune*. Elle vint s'accouder à sa table.

— Monsieur... dit-elle.

A ce mot *monsieur*, l'homme se retourna. La Thénardier ne l'avait encore appelé que *brave homme* ou *bonhomme*.

— Voyez-vous, monsieur, poursuivit-elle en prenant son air douceâtre qui était encore plus fâcheux à voir que son air féroce, je veux bien que l'enfant joue, je ne m'y oppose pas, mais c'est bon pour une fois, parce que vous êtes généreux. Voyez-vous, cela n'a rien. Il faut que cela travaille.

— Elle n'est donc pas à vous, cette enfant? demanda l'homme.

— Oh, mon Dieu, non, monsieur! c'est une petite pauvre que nous avons recueillie comme cela, par charité. Nous faisons pour elle ce que nous pouvons, car nous ne sommes pas riches. Nous avons beau écrire à son pays, voilà six mois qu'on ne nous répond plus. Il faut croire que sa mère est morte.

— Ah! dit l'homme, et il retomba dans sa rêverie.

— C'était une pas grand-chose que cette mère, ajouta la Thénardier. Elle abandonnait son enfant.

Pendant toute cette conversation, Cosette, comme si un instinct l'eût avertie qu'on parlait d'elle, n'avait pas quitté des yeux la Thénardier. Elle écoutait vaguement. Puis elle s'était remise à bercer l'espèce de maillot qu'elle avait fait et, tout en le berçant, elle chantait à voix basse : Ma mère est morte! ma mère est morte! ma mère est morte!

Tout à coup Cosette s'interrompit. Elle venait de se retourner et d'apercevoir la poupée des petites Thénardier qu'elles avaient quittée pour le chat et laissée à terre à quelques pas de la table de cuisine.

Alors elle laissa tomber le sabre emmailloté qui ne lui suffisait qu'à demi, puis elle promena lentement ses yeux autour de la salle. La Thénardier parlait bas à son mari, et comptait de la monnaie. Ponine et Zelma jouaient avec le chat, les voyageurs mangeaient ou buvaient, aucun regard n'était fixé sur elle. Elle sortit de dessous la table en rampant sur les genoux et sur les mains, s'assura encore une fois qu'on ne la guettait pas, puis se glissa vivement jusqu'à la poupée et la saisit. Un instant après elle était à sa place, assise, immobile, tournée seulement de manière à faire de l'ombre sur la poupée qu'elle tenait dans ses bras. Ce bonheur de jouer avec une poupée était tellement rare pour elle qu'il avait toute la violence d'une volupté.

Personne ne l'avait vue, excepté le voyageur.

Cette joie dura près d'un quart d'heure.

Mais quelque précaution que prît Cosette, elle ne s'apercevait pas qu'un des pieds de la poupée — *passait* — et que le feu de la cheminée l'éclairait très vivement. Ce pied rose et lumineux qui sortait de l'ombre frappa subitement le regard d'Azelma qui dit à Éponine : — Tiens ! ma sœur !

Les deux petites filles s'arrêtèrent, stupéfaites. Cosette avait osé prendre la poupée !

Éponine se leva et, sans lâcher le chat, alla vers sa mère et se mit à la tirer par sa jupe.

— Mère, dit l'enfant, regarde donc !

Et elle désignait du doigt Cosette.

Le visage de la Thénardier prit cette expression particulière qui se compose du terrible mêlé aux riens de la vie et qui a fait nommer ces sortes de femmes : mégères.

Elle cria d'une voix que l'indignation enrouait :

— Cosette !

Cosette tressaillit comme si la terre eût tremblé sous elle. Elle se retourna.

— Cosette! répéta la Thénardier.

Cosette prit la poupée et la posa doucement à terre avec une sorte de vénération mêlée de désespoir. Alors, sans la quitter des yeux, elle joignit les mains et, ce qui est effrayant à dire dans un enfant de cet âge, elle se les tordit; puis, ce que n'avait pu lui arracher aucune des émotions de la journée, ni la course dans le bois, ni la pesanteur du seau d'eau, ni la perte de l'argent, ni la vue du martinet, ni même la sombre parole qu'elle avait entendu dire à la Thénardier, elle pleura. Elle éclata en sanglots.

Cependant le voyageur s'était levé.

— Qu'est-ce donc? dit-il à la Thénardier.

— Vous ne voyez pas? dit la Thénardier en montrant du doigt le corps du délit qui gisait aux pieds de Cosette.

— Eh bien, quoi? reprit l'homme.

— Cette gueuse, répondit la Thénardier, s'est permis de toucher à la poupée des enfants!

— Tout ce bruit pour cela! dit l'homme. Eh bien, quand elle jouerait avec cette poupée?

— Elle y a touché avec ses mains sales! poursuivit la Thénardier, avec ses affreuses mains!

Ici Cosette redoubla ses sanglots.

— Te tairas-tu! cria la Thénardier.

L'homme alla droit à la porte de la rue, l'ouvrit et sortit.

Dès qu'il fut sorti, la Thénardier profita de son

absence pour allonger sous la table à Cosette un grand coup de pied qui fit jeter à l'enfant les hauts cris.

La porte se rouvrit, l'homme reparut, il portait dans ses deux mains la poupée fabuleuse dont nous avons parlé et que tous les marmots du village contemplaient depuis le matin, et il la posa debout devant Cosette en disant :

— Tiens, c'est pour toi.

Cosette leva les yeux, elle regarda la poupée, puis elle recula lentement et s'alla cacher tout au fond sous la table dans le coin du mur.

Elle ne pleurait plus, elle ne criait plus, elle avait l'air de ne plus oser respirer.

La Thénardier, pétrifiée et muette, se demandait :

— Qu'est-ce que c'est que ce vieux? est-ce un pauvre? est-ce un millionnaire? C'est peut-être les deux, c'est-à-dire un voleur.

Le gargotier considérait tour à tour la poupée et le voyageur ; il semblait flairer cet homme comme il eût flairé un sac d'argent. Il s'approcha de sa femme et lui dit bas :

— Cette machine coûte au moins trente francs. Pas de bêtises. A plat ventre devant l'homme!

— Eh bien, Cosette, dit la Thénardier d'une voix qui voulait être douce et qui était toute composée de ce miel aigre des méchantes femmes, est-ce que tu ne prends pas ta poupée?

Cosette se hasarda à sortir de son trou.

— Ma petite Cosette, reprit le Thénardier d'un air

caressant, monsieur te donne une poupée. Prends-la. Elle est à toi.

Cosette considérait la poupée merveilleuse avec une sorte de terreur. Son visage était encore inondé de larmes, mais ses yeux commençaient à s'emplir, comme le ciel au crépuscule du matin, des rayonnements étranges de la joie. Il lui semblait que si elle touchait à cette poupée, le tonnerre en sortirait.

Pourtant, l'attraction l'emporta. Elle finit par s'approcher, et murmura timidement en se tournant vers la Thénardier :

— Est-ce que je peux, madame?

Aucune expression ne saurait rendre cet air à la fois désespéré, épouvanté et ravi.

— Pardi! fit la Thénardier, c'est à toi. Puisque monsieur te la donne.

— Vrai, monsieur? reprit Cosette. Est-ce que c'est vrai? c'est à moi, la dame?

L'étranger paraissait avoir les yeux pleins de larmes. Il semblait être à ce point d'émotion où l'on ne parle pas pour ne pas pleurer. Il fit un signe de tête à Cosette et mit la main de « la dame » dans sa petite main.

Cosette retira vivement sa main, comme si celle de la *dame la brûlait*, et se mit à regarder le pavé. Elle tirait la langue d'une façon démesurée. Tout à coup, elle se retourna et saisit la poupée avec emportement.

— Je l'appellerai Catherine, dit-elle.

Ce fut un moment bizarre que celui où les haillons

de Cosette rencontrèrent et étreignirent les rubans et les fraîches mousselines roses de la poupée.

— Madame, reprit-elle, est-ce que je peux la mettre sur une chaise?

— Oui, mon enfant, répondit la Thénardier.

Maintenant c'était Éponine et Azelma qui regardaient Cosette avec envie.

Cosette posa Catherine sur une chaise, puis s'assit à terre devant elle, et demeura immobile, sans dire un mot, dans l'attitude de la contemplation.

— Joue donc, Cosette, dit l'étranger.

— Oh! je joue, répondit l'enfant.

Cet étranger était en ce moment-là ce que la Thénardier haïssait le plus au monde. Pourtant, il fallait se contraindre. Elle se hâta d'envoyer ses filles coucher, puis elle demanda à l'homme jaune la *permission* d'y envoyer Cosette, — *qui a bien fatigué aujourd'hui*, ajouta-t-elle d'un air maternel. Cosette s'alla coucher emportant Catherine entre ses bras.

La Thénardier allait de temps en temps à l'autre bout de la salle où était son homme, *pour se soulager l'âme*, disait-elle. Elle échangeait avec son mari quelques paroles d'autant plus furieuses qu'elle n'osait les dire tout haut :

— Vieille bête! qu'est-ce qu'il a donc dans le ventre? Venir nous déranger ici! vouloir que ce petit monstre joue! lui donner des poupées! donner des poupées de quarante francs à une chienne que je donnerais, moi, pour quarante sous!

— Pourquoi? C'est tout simple, répliquait le Thénardier. Si ça l'amuse! Toi, ça t'amuse que la petite travaille, lui, ça l'amuse qu'elle joue. Il est dans son droit. Un voyageur ça fait ce que ça veut quand ça paye. De quoi te mêles-tu, puisqu'il a de l'argent?

L'homme s'était accoudé sur la table et avait repris son attitude de rêverie. Tous les autres voyageurs, marchands et rouliers, s'étaient un peu éloignés et ne chantaient plus. Ils le considéraient à distance avec une sorte de crainte respectueuse. Ce particulier si pauvrement vêtu qui prodiguait des poupées gigantesques à de petites souillons en sabots, était certainement un bonhomme magnifique et redoutable.

Plusieurs heures s'écoulèrent. La messe de minuit était dite, le réveillon était fini, les buveurs s'en étaient allés, le cabaret était fermé, la salle était déserte, le feu s'était éteint, l'étranger était toujours à la même place et dans la même posture. De temps en temps il changeait le coude sur lequel il s'appuyait. Voilà tout. Mais il n'avait pas dit un mot depuis que Cosette n'était plus là.

Les Thénardier seuls étaient restés dans la salle.

— Est-ce qu'il va passer la nuit comme ça? grommelait la Thénardier. Comme deux heures du matin sonnaient, elle dit à son mari : — Je vais me coucher. Fais-en ce que tu voudras. — Le mari s'assit à une table dans un coin, alluma une chandelle et se mit à lire le *Courrier français.*

Une bonne heure passa ainsi. Le digne aubergiste

avait lu au moins trois fois le *Courrier français*. L'étranger ne bougeait pas.

Le Thénardier remua, toussa, cracha, se moucha, fit craquer sa chaise. Aucun mouvement de l'homme. — Est-ce qu'il dort? pensa le Thénardier. — L'homme ne dormait pas.

Enfin Thénardier ôta son bonnet, s'approcha doucement et s'aventura à dire :

— Est-ce que monsieur ne va pas reposer?

— Tiens! dit l'étranger, vous avez raison. Où est votre écurie?

— Monsieur, fit le Thénardier avec un sourire, je vais conduire monsieur.

Il prit la chandelle, l'homme prit son paquet et son bâton, et Thénardier le mena dans une chambre au premier qui était d'une rare splendeur, toute meublée en acajou avec un lit-bateau et des rideaux en calicot rouge.

— Qu'est-ce que c'est que cela? dit le voyageur.

— C'est notre propre chambre de noce, dit l'aubergiste. Nous en habitons une autre, mon épouse et moi. On n'entre ici que trois ou quatre fois dans l'année.

— J'aurais autant aimé l'écurie, dit l'homme brusquement.

Le Thénardier n'eut pas l'air d'entendre cette réflexion peu obligeante. Il se retira dans sa chambre. Sa femme était couchée, mais elle ne dormait pas. Quand elle entendit le pas de son mari, elle se retourna et lui dit :

— Tu sais que je flanque demain Cosette à la porte.

Le Thénardier répondit froidement :

— Comme tu y vas!

Ils n'échangèrent pas d'autres paroles, et quelques moments après leur chandelle était éteinte.

De son côté, le voyageur avait déposé dans un coin son bâton et son paquet. L'hôte parti, il s'assit sur un fauteuil et resta quelque temps pensif. Puis il ôta ses souliers, prit une des deux bougies, souffla l'autre, poussa la porte et sortit de la chambre, regardant autour de lui comme quelqu'un qui cherche. Il traversa un corridor et parvint à l'escalier. Là il entendit un petit bruit très doux qui ressemblait à une respiration d'enfant. Il se laissa conduire par ce bruit et arriva à une espèce d'enfoncement triangulaire pratiqué sous l'escalier ou pour mieux dire formé par l'escalier même. Là, parmi toutes sortes de vieux paniers et de vieux tessons, dans la poussière et dans les toiles d'araignée, il y avait une paillasse trouée jusqu'à montrer la paille et une couverture trouée jusqu'à laisser voir la paillasse. Point de draps. Cela était posé à terre sur le carreau. Dans ce lit, Cosette dormait.

L'homme s'approcha et la considéra. Cosette dormait profondément, elle était tout habillée. L'hiver elle ne se déshabillait pas pour avoir moins froid. Elle tenait serrée contre elle la poupée dont les grands yeux brillaient dans l'obscurité. De temps en temps elle poussait un grand soupir comme si elle allait se réveiller, et elle étreignait la poupée dans ses bras presque convulsivement. Il n'y avait à côté de son lit qu'un de ses sabots.

Une porte ouverte près du galetas de Cosette laissait voir une assez grande chambre sombre. L'étranger y pénétra. Au fond, à travers une porte vitrée, on apercevait deux petits lits jumeaux très blancs. C'étaient ceux d'Azelma et d'Éponine. Derrière ces lits disparaissait à demi un berceau d'osier sans rideaux où dormait le petit garçon qui avait crié toute la soirée.

L'étranger allait se retirer quand son regard rencontra la cheminée. Dans celle-là il n'y avait pas de feu ; ce qui y était attira pourtant l'attention du voyageur. C'étaient deux petits souliers d'enfant de forme coquette et de grandeur inégale ; le voyageur se rappela la gracieuse et immémoriale coutume des enfants qui déposent leur chaussure dans la cheminée le jour de Noël pour y attendre dans les ténèbres quelque étincelant cadeau de leur bonne fée. Éponine et Azelma n'avaient eu garde d'y manquer, et elles avaient mis chacune un de leurs souliers dans la cheminée. Le voyageur se pencha. On voyait reluire dans chaque soulier une belle pièce de dix sous toute neuve.

L'homme se relevait et allait s'en aller lorsqu'il aperçut au fond, à l'écart, dans le coin le plus obscur de l'âtre, un autre objet. Il regarda, et reconnut un sabot, un affreux sabot du bois le plus grossier, à demi brisé et tout couvert de cendre et de boue desséchée. C'était le sabot de Cosette.

Il n'y avait rien dans ce sabot. L'étranger fouilla dans son gilet, se courba et mit dans le sabot de Cosette un louis d'or.

Puis il regagna sa chambre à pas de loup.

Le lendemain matin, deux heures au moins avant le jour, le mari Thénardier, attablé près d'une chandelle dans la salle basse du cabaret, une plume à la main, composait la carte du voyageur à la redingote jaune.

La femme debout, à demi courbée sur lui, le suivait des yeux. Ils n'échangeaient pas une parole. On entendit un bruit dans la maison ; c'était l'Alouette qui balayait l'escalier.

Après un bon quart d'heure et quelques ratures, le Thénardier arriva à un total de vingt-trois francs pour le souper, la chambre, le feu et le service.

— Tu as raison, il doit bien cela, murmura la femme qui songeait à la poupée donnée à Cosette en présence des filles, c'est juste, mais c'est trop. Il ne voudra pas payer.

Le Thénardier fit son rire froid et dit :

— Il payera. Je dois bien quinze cents francs, moi !

Il alla s'asseoir au coin de la cheminée, méditant, les pieds sur les cendres chaudes.

— Ah ! ça ! reprit la femme, tu n'oublies pas que je flanque Cosette à la porte aujourd'hui ? Ce monstre ! elle me mange le cœur avec sa poupée !

Le Thénardier alluma sa pipe et répondit entre deux bouffées :

— Tu remettras la carte à l'homme.

Puis il sortit.

Il était à peine hors de la salle que le voyageur y entra, portant à la main son bâton et son paquet.

Le Thénardier reparut sur-le-champ derrière lui et demeura immobile dans la porte entrebâillée, visible seulement pour sa femme.

— Levé si tôt! dit la Thénardier, est-ce que monsieur nous quitte déjà?

— Oui, madame, je m'en vais.

— Monsieur, reprit-elle, n'avait donc pas d'affaires à Montfermeil?

— Non. Je passe par ici. Voilà tout. Madame, ajouta-t-il, qu'est-ce que je dois?

La Thénardier, sans répondre, lui tendit la carte pliée.

L'homme déplia le papier, et le regarda, mais son attention était visiblement ailleurs.

— Madame, reprit-il, faites-vous de bonnes affaires dans ce Montfermeil?

— Oh! monsieur, les temps sont bien durs! et puis nous avons si peu de bourgeois dans nos endroits! C'est tout petit monde, voyez-vous. Nous avons tant de charges. Tenez, cette petite nous coûte les yeux de la tête.

— Quelle petite?

— Eh bien, la petite, vous savez! Cosette! l'Alouette, comme on dit dans le pays!

— Ah! dit l'homme. Et si l'on vous en débarrassait?

— De qui? de la Cosette?

— Oui.

La face rouge et violente de la gargotière s'illumina d'un épanouissement hideux.

— Ah, monsieur! mon bon monsieur! prenez-la, gardez-la, emmenez-la, emportez-la, sucrez-la, truffez-la, buvez-la, mangez-la, et soyez béni de la bonne sainte Vierge et de tous les saints du paradis!

— C'est dit. Je l'emmène. Tout de suite. Appelez l'enfant.

— Cosette? cria la Thénardier.

— En attendant, poursuivit l'homme, je vais toujours vous payer ma dépense. Combien est-ce?

Il jeta un coup d'œil sur la carte et ne put réprimer un mouvement de surprise. Il regarda la gargotière :

— Vingt-trois francs!

— Dame oui, monsieur! c'est vingt-trois francs.

L'étranger posa cinq pièces de cinq francs sur la table.

— Allez chercher la petite, dit-il.

En ce moment le Thénardier s'avança au milieu de la salle et dit :

— Monsieur doit vingt-six sous.

— Vingt-six sous! s'écria la femme.

— Vingt sous pour la chambre, reprit le Thénardier froidement, et six pour le souper. Quant à la petite, j'ai besoin d'en causer un peu avec monsieur. Laisse-nous, ma femme.

La Thénardier eut un de ces éblouissements que donnent les éclairs imprévus du talent. Elle sentit que le grand acteur entrait en scène, ne répliqua pas un mot et sortit.

Dès qu'ils furent seuls, le Thénardier offrit une chaise au voyageur. Le voyageur s'assit; le Thénardier resta debout, et son visage prit une singulière expression de bonhomie et de simplicité.

— Monsieur, dit-il, tenez, je vais vous dire, c'est que je l'adore, moi, cette enfant.

L'étranger le regarda fixement.

— Quelle enfant?

— Eh, notre petite Cosette! ne voulez-vous pas nous l'emmener? Eh bien, je parle franchement, vrai comme vous êtes un honnête homme, je ne peux pas y consentir. Elle me ferait faute, cette enfant. J'ai vu ça tout petit. C'est vrai qu'elle nous coûte de l'argent, c'est vrai qu'elle a des défauts, c'est vrai que nous ne sommes pas riches, c'est vrai que j'ai payé plus de quatre cents francs en drogues rien que pour une de ses maladies! Mais il faut bien faire quelque chose pour le bon Dieu. Ça n'a ni père ni mère, je l'ai élevée. J'ai du pain pour elle et pour moi. Au fait j'y tiens, à cette enfant.

L'étranger le regardait toujours fixement. Il continua.

— Pardon, excuse, monsieur, mais on ne donne point son enfant comme ça à un passant. Pas vrai que j'ai raison? Vous avez l'air d'un bien brave homme, certes. Mais je voudrais savoir où elle va, je ne voudrais pas la perdre de vue, je voudrais savoir chez qui elle est, pour l'aller voir de temps en temps, qu'elle sache que son bon père nourricier est là, qu'il veille sur elle. Enfin il y a des choses qui ne sont pas possibles. Je ne sais seulement pas votre nom. Il faudrait au moins voir quelque méchant chiffon de papier, un petit bout de passe-port, quoi !

L'étranger, sans cesser de le regarder de ce regard qui va, pour ainsi dire, jusqu'au fond de la conscience, lui répondit d'un accent grave et ferme :

— Monsieur Thénardier, on n'a pas un passe-port pour venir à cinq lieues de Paris. Si j'emmène Cosette, je l'emmènerai, voilà tout. Vous ne saurez pas mon nom, vous ne saurez pas ma demeure, vous ne saurez pas où elle sera, et mon intention est qu'elle ne vous revoie de sa vie. Je casse le fil qu'elle a au pied, et elle s'en va. Cela vous convient-il ? Oui ou non ?

Le Thénardier comprit qu'il avait affaire à quelqu'un de très fort. Ce fut comme une intuition. La veille, tout en buvant avec les rouliers, il avait passé la soirée à observer l'étranger. Pas un geste, pas un mouvement de l'homme à la capote jaune ne lui était échappé. Avant même que l'inconnu manifestât si clairement son intérêt pour Cosette, le Thénardier l'avait deviné. Il avait surpris les regards profonds de ce vieux qui revenaient toujours à l'enfant. Pourquoi cet intérêt ? Qu'était-ce que cet homme ? Pourquoi, avec tant d'argent dans sa bourse, ce costume si misérable ? Il y avait songé toute la nuit. Ce ne pouvait être le père de Cosette. Était-ce quelque grand-père? Alors pourquoi ne pas se faire connaître tout de suite? Quand on a un droit, on le montre. Cet homme évidemment n'avait pas de droit sur Cosette. Alors qu'était-ce? Le Thénardier se perdit en suppositions. Il entrevoyait tout, et ne voyait rien. Le Thénardier était un de ces hommes qui jugent d'un coup d'œil une situation. Il estima que c'était le moment de marcher droit et vite. Il démasqua brusquement sa batterie.

— Monsieur, dit-il, il me faut quinze cents francs.

L'étranger prit dans sa poche de côté un vieux portefeuille en cuir noir, l'ouvrit et en tira trois billets de banque qu'il posa sur la table. Puis il appuya son large pouce sur ces billets, et dit au gargotier :

— Faites venir Cosette.

Pendant que ceci se passait, que faisait Cosette?

Cosette, en s'éveillant, avait couru à son sabot. Elle y avait trouvé la pièce d'or. Cosette fut éblouie. Elle ne savait pas ce que c'était qu'une pièce d'or, elle n'en avait jamais vu, elle la cacha bien vite dans sa poche comme si elle l'avait volée. Cependant elle sentait que cela était bien à elle, elle devinait d'où ce don lui venait, mais elle éprouvait une *sorte de joie* pleine de peur. Elle était contente; elle était surtout stupéfaite. Elle tremblait vaguement devant ces magnificences. L'étranger seul ne lui faisait pas peur. Au contraire, il la rassurait. Depuis la veille, à travers ses étonnements, à travers son sommeil, elle songeait dans son petit esprit d'enfant à cet homme qui avait l'air vieux et pauvre et si triste, et qui était si riche et si bon. Depuis qu'elle avait rencontré ce bonhomme dans le bois, tout était comme changé pour elle.

Elle s'était mise bien vite à sa besogne de tous les matins. Ce louis, qu'elle avait sur elle, dans ce même gousset de son tablier d'où la pièce de quinze sous était tombée la veille, lui donnait des distractions. Tout en balayant l'escalier, elle s'arrêtait et restait là, immobile, oubliant son balai et l'univers entier, occupée à regarder cette étoile briller au fond de sa poche.

Ce fut dans une de ces contemplations que la Thénardier la rejoignit.

Sur l'ordre de son mari, elle l'était allée chercher. Chose inouïe, elle ne lui donna pas une tape et ne lui dit pas une injure.

— Cosette, dit-elle presque doucement, viens tout de suite.

Un instant après, Cosette entrait dans la salle basse.

L'étranger prit le paquet qu'il avait apporté et le dénoua. Ce paquet contenait une petite robe de laine, un tablier, une brassière de futaine, un jupon, un fichu, des bas de laine, des souliers, un vêtement complet pour une fille de sept ans. Tout cela était noir.

— Mon enfant, dit l'homme, prends ceci et va t'habiller bien vite.

Le jour paraissait lorsque ceux des habitants de

Montfermeil qui commençaient à ouvrir leurs portes virent passer dans la rue de Paris un bonhomme pauvrement vêtu donnant la main à une fille tout en deuil qui portait une poupée rose dans ses bras. Ils se dirigeaient du côté de Livry.

Cosette s'en allait. Avec qui? elle l'ignorait. Où? elle ne savait pas. Tout ce qu'elle comprenait, c'est qu'elle laissait derrière elle la gargote Thénardier. Personne n'avait songé à lui dire adieu, ni elle à dire adieu à personne. Elle sortait de cette maison haïe et haïssant.

6

Le numéro 9430 reparaît

Jean Valjean n'était pas mort.

En tombant à la mer, ou plutôt en s'y jetant, il était, comme on l'a vu, sans fers. Il nagea entre deux eaux jusque sous un navire au mouillage, auquel était amarrée une embarcation. Il trouva moyen de se cacher dans cette embarcation jusqu'au soir. A la nuit, il se jeta de nouveau à la nage, et atteignit la côte, à peu de distance du cap Brun. Là, comme ce n'était pas l'argent qui lui manquait, il put se procurer des vêtements, puis il gagna Paris.

Son premier soin, en arrivant à Paris, avait été d'acheter des habits de deuil pour une petite fille de sept à huit ans, puis de se procurer un logement.

Le soir même du jour où Jean Valjean avait tiré Cosette des griffes des Thénardier, il rentrait dans

Paris. Il y rentrait à la nuit tombante, avec l'enfant. Là il monta dans un cabriolet qui le conduisit à l'esplanade de l'Observatoire. Il y descendit, paya le cocher, prit Cosette par la main, et tous deux, dans la nuit noire, se dirigèrent vers le boulevard de l'Hôpital.

Là, près d'une usine et entre deux murs de jardin, se trouvait une masure qui, au premier coup d'œil, semblait petite comme une chaumière et qui en réalité était grande comme une cathédrale.

Cette masure n'avait qu'un étage. C'était la maison Gorbeau n° 52.

Ce fut devant elle que Jean Valjean s'arrêta.

Il fouilla dans son gilet, y prit une sorte de passe-partout, ouvrit la porte, entra, puis la referma avec soin, et monta l'escalier, portant Cosette.

Au haut de l'escalier, il tira de sa poche une autre clef avec laquelle il ouvrit une autre porte. La chambre où il entra et qu'il referma sur-le-champ était une espèce de galetas assez spacieux meublé d'un matelas posé à terre, d'une table et de quelques chaises. Un poêle allumé et dont on voyait la braise était dans un coin. Le réverbère du boulevard éclairait vaguement cet intérieur pauvre. Au fond il y avait un cabinet avec un lit de sangle, Jean Valjean porta l'enfant sur ce lit et l'y déposa sans qu'elle s'éveillât.

Jean Valjean se courba et baisa la main de cette enfant.

Neuf mois auparavant il baisait la main de la mère qui, elle aussi, venait de s'endormir.

Le même sentiment douloureux, religieux, poignant, lui remplissait le cœur.

Pauvre vieux cœur tout neuf !

L'évêque avait fait lever à son horizon l'aube de la vertu ; Cosette y faisait lever l'aube de l'amour.

Les semaines se succédèrent. Ces deux êtres menaient dans ce taudis misérable une existence heureuse.

Dès l'aube, Cosette riait, jasait, chantait. Les enfants ont leur chant du matin comme les oiseaux.

Jean Valjean s'était mis à lui enseigner à lire. Apprendre à lire à Cosette et la laisser jouer, c'était à peu près là toute la vie de Jean Valjean. Et puis il lui parlait de sa mère et il la faisait prier.

Elle l'appelait *père*, et ne lui savait pas d'autre nom.

Jean Valjean avait la prudence de ne sortir jamais le jour. Tous les soirs, au crépuscule, il se promenait une heure ou deux, quelquefois seul, souvent avec Cosette, cherchant les contre-allées des boulevards les plus solitaires. Il allait volontiers à Saint-Médard qui est l'église la plus proche.

Il y avait près de Saint-Médard un pauvre qui s'accroupissait sur la margelle d'un puits banal condamné, et auquel Jean Valjean faisait volontiers la charité. Il ne passait guère devant cet homme sans lui donner quelques sous. Parfois il lui parlait. Les envieux de ce mendiant disaient qu'il était *de la police.*

Un soir que Jean Valjean passait par là, il n'avait pas Cosette avec lui, il aperçut le mendiant à sa place ordinaire sous le réverbère qu'on venait d'allumer. Cet homme, selon son habitude, semblait prier et était tout courbé. Jean Valjean alla à lui et lui mit dans la main son aumône accoutumée. Le mendiant leva brusquement les yeux, regarda fixement Jean Valjean, puis baissa rapidement la tête. Ce mouvement fut comme un éclair, Jean Valjean eut un tressaillement. Il lui sembla qu'il venait d'entrevoir, à la lueur du réverbère, une figure effrayante et connue. Il entra profondément troublé. Il venait de reconnaître Javert.

Quelques jours après, il pouvait être huit heures du soir, il était dans sa chambre et il faisait épeler Cosette à haute voix, il entendit ouvrir, puis refermer la porte de la masure. Cela lui parut singulier. La vieille, qui seule habitait avec lui la maison, se couchait toujours à la nuit pour ne point user de chandelle. Jean Valjean fit signe à Cosette de se taire. Il entendit qu'on montait l'escalier. Le pas était lourd et sonnait comme le pas d'un homme ; cependant Jean Valjean souffla sa chandelle.

Il avait envoyé Cosette au lit en lui disant tout bas : — Couche-toi bien doucement. Jean Valjean demeura en silence, immobile, le dos tourné à la porte, assis sur sa chaise dont il n'avait pas bougé, retenant son souffle dans l'obscurité. Au bout d'un temps assez long, n'entendant plus rien, il se retourna sans faire de bruit, et, comme il levait les yeux vers la porte de sa chambre, il vit une lumière par le trou de la serrure. Il y avait évidemment là quelqu'un qui tenait une chandelle à la main et qui écoutait.

Quelques minutes s'écoulèrent, et la lumière s'en alla. Seulement il n'entendit aucun bruit de pas, ce qui semblait indiquer que celui qui était venu à la porte avait ôté ses souliers.

A sept heures du matin, quand la vieille vint faire le ménage, Jean Valjean lui jeta un coup d'œil pénétrant, mais il ne l'interrogea pas. La bonne femme était comme à l'ordinaire.

Tout en balayant, elle lui dit :

— Monsieur a peut-être entendu quelqu'un qui entrait cette nuit?

— A propos, c'est vrai, répondit-il de l'accent le plus naturel. Qui était-ce donc?

— C'est un nouveau locataire, dit la vieille, qu'il y a dans la maison.

— Et qui s'appelle?

La vieille le considéra avec ses petits yeux de fouine, et répondit :

— Un rentier comme vous.

Quand la vieille fut partie, il fit un rouleau d'une centaine de francs qu'il avait dans une armoire et le mit dans sa poche. Quelque précaution qu'il prît dans cette opération pour qu'on ne l'entendît pas remuer de l'argent, une pièce de cent sous lui échappa des mains et roula bruyamment sur le carreau.

A la brune, il descendit et regarda avec attention de tous les côtés sur le boulevard. Il n'y vit personne. Le boulevard semblait absolument désert.

Il remonta.

— Viens, dit-il à Cosette.

Il la prit par la main et ils sortirent tous deux.

Javert venait de retrouver la trace de Jean Valjean.

7

L'homme au grelot

Jean Valjean avait tout de suite quitté le boulevard et s'était engagé dans les rues, faisant le plus de lignes brisées qu'il pouvait, revenant quelquefois sur ses pas pour s'assurer qu'il n'était point suivi.

Il gagna le pont d'Austerlitz.

Le pont franchi, il aperçut quatre ombres qui le suivaient.

Jean Valjean eut le frémissement de la bête reprise.

Il se précipita en avant, plutôt qu'il ne marcha, espérant trouver quelque ruelle latérale. Il arriva à l'angle de la rue Droit-Mur et de la petite rue Picpus. Là un bâtiment s'abaissait au point de n'avoir plus qu'une muraille dessinant un pan coupé fort en retraite. Un tilleul montrait son branchage au-dessus du pan coupé, et le mur était couvert de lierre.

En ce moment un bruit sourd et cadencé commença à se faire entendre à quelque distance. Jean Valjean risqua un peu son regard en dehors du coin de la rue. Sept ou huit soldats, en tête desquels il distinguait la haute stature de Javert, s'avançaient lentement et avec précaution. Ils s'arrêtaient fréquemment. Il était visible qu'ils exploraient tous les recoins des murs et toutes les embrasures de portes et d'allées.

Jean Valjean mesura des yeux la muraille au-dessus de laquelle il voyait le tilleul. Elle avait environ dix-huit pieds de haut. Alors, sans se hâter, mais sans s'y prendre à deux fois pour rien, avec une précision ferme et brève, il défit sa cravate, la passa autour du corps de Cosette sous les aisselles en ayant soin qu'elle ne pût blesser l'enfant, rattacha cette cravate à un bout de corde qu'il avait trouvée au tourniquet d'un réverbère, prit l'autre bout de cette corde dans ses dents, ôta ses souliers et ses bas qu'il jeta par-dessus la muraille, monta sur le massif de maçonnerie, et commença à s'élever dans l'angle du mur et du pignon avec autant de solidité et de certitude que s'il eût eu des échelons sous les talons et sous les coudes. Une demi-minute ne s'était pas écoulée qu'il était à genoux sur le mur.

Cosette le considérait avec stupeur, sans dire une parole. Tout à coup, elle entendit la voix de Jean Valjean qui lui criait :

— Adosse-toi au mur.

Elle obéit.

— Ne dis pas un mot et n'aie pas peur, reprit Jean Valjean.

Et elle se sentit enlever de terre.

Avant qu'elle eût le temps de se reconnaître, elle était au haut de la muraille.

Jean Valjean la saisit, la mit sur son dos et bientôt ils se retrouvaient dans un jardin. Bien que l'heure fût tardive, Jean Valjean entendit un bruit singulier. C'était comme un grelot qu'on agitait. Ce bruit était dans le jardin. On l'entendait distinctement quoique faiblement. Cela ressemblait à la petite musique vague que font les clarines des bestiaux la nuit dans les pâturages. Il regarda et vit qu'il y avait quelqu'un dans le jardin. Cet être paraissait boiter.

Il marcha droit à l'homme. Il avait pris à sa main le rouleau d'argent qui était dans la poche de son gilet.

Cet homme baissait la tête et ne le voyait pas venir. En quelques enjambées, Jean Valjean fut à lui.

Jean Valjean l'aborda en criant :

— Cent francs !

L'homme fit un soubresaut et leva les yeux.

— Cent francs à gagner, reprit Jean Valjean, si vous me donnez asile pour cette nuit !

La lune éclairait en plein le visage effaré de Jean Valjean.

— Tiens, c'est vous, père Madeleine ! dit l'homme.

Ce nom, ainsi prononcé, à cette heure obscure,

dans ce lieu inconnu, par cet homme inconnu, fit reculer Jean Valjean.

Cependant le bonhomme avait ôté son bonnet, et s'écriait tout tremblant :

— Ah mon Dieu ! comment êtes-vous ici, père Madeleine? Par où êtes-vous entré, Dieu Jésus ! vous tombez donc du ciel !

— Qui êtes-vous? et qu'est-ce que c'est que cette maison-ci? demanda Jean Valjean.

— Ah, pardieu, voilà qui est fort ! s'écria le vieillard, je suis celui que vous avez fait placer ici, et cette maison est celle où vous m'avez fait placer. Comment ! vous ne me reconnaissez pas? Vous m'avez sauvé la vie.

Il se tourna, un rayon de lune lui dessina le profil, et Jean Valjean reconnut le vieux Fauchelevent.

— Ah ! dit Jean Valjean, c'est vous? oui, je vous reconnais.

— C'est bien heureux ! fit le vieux d'un ton de reproche.

— Et que faites-vous ici? reprit Jean Valjean. Qu'est-ce que c'est que cette maison-ci?

Les souvenirs revenaient à Jean Valjean. Le hasard, c'est-à-dire la providence, l'avait jeté précisément dans ce couvent du quartier Saint-Antoine où le vieux Fauchelevent, estropié par la chute de sa charrette, avait été admis sur sa recommandation.

— Le couvent du Petit-Picpus ! Vous m'y avez fait placer jardinier.

Jean Valjean s'approcha du vieillard et lui dit d'une voix grave :

— Père Fauchelevent, je vous ai sauvé la vie. Eh bien, vous pouvez faire aujourd'hui pour moi ce que j'ai fait autrefois pour vous.

Fauchelevent prit dans ses vieilles mains ridées et tremblantes les deux robustes mains de Jean Valjean, et fut quelques secondes comme s'il ne pouvait parler. Enfin il s'écria :

— Oh ! ce serait une bénédiction du bon Dieu si je pouvais vous rendre un peu cela ! Moi ! vous sauver la vie ! Monsieur le maire, disposez du vieux bonhomme ! Que voulez-vous que je fasse ? reprit-il.

— Je vous expliquerai cela. Vous avez une chambre ?

— J'ai une baraque isolée, là, derrière la ruine du vieux couvent, dans un recoin que personne ne voit. Il y a trois chambres.

— Bien, dit Jean Valjean. Maintenant je vous demande deux choses. Premièrement, vous ne direz à personne ce que vous savez de moi. Deuxièmement, vous ne chercherez pas à en savoir davantage.

— Ça vous regarde. Je suis à vous.

Moins d'une demi-heure après, Cosette, redevenue rose à la flamme d'un bon feu, dormait dans le lit du vieux jardinier.

Fauchelevent avait ôté sa genouillère à clochette qui, maintenant accrochée à un clou près d'une hotte, ornait le mur. La règle du couvent interdisant la présence d'un homme, la clochette que portait le jardinier avertissait les sœurs d'avoir à l'éviter.

TABLE

Pour aller plus loin…

Qui est Victor Hugo

NOM :	Hugo
PRÉNOM :	Victor
NÉ LE :	26 février 1802
À :	Besançon (France)
NATIONALITÉ :	Française
DÉCÉDÉ :	22 mai 1885
SIGNE PARTICULIER :	écrivain engagé

« L'homme siècle »

Victor Hugo connaît une enfance difficile et instable : ballotté de ville en ville au gré des déplacements de son père officier, il doit aussi subir la mésentente de ses parents. Cela ne l'empêche pas d'être un élève brillant. Travailleur et obstiné, il est remarqué non seulement par ses succès scolaires mais aussi par ses qualités littéraires qui sont récompensées à l'occasion de concours. À l'âge de dix-sept ans, il fonde « *Le Conservateur littéraire* », une revue qui défend aussi des idées politiques : dès ce moment, sa carrière d'écrivain va de pair avec son engagement auprès des monarchistes. La même année, il s'éprend d'Adèle Foucher qui deviendra sa femme en 1822.

Une Carrière Réussie

Victor Hugo mène sa carrière littéraire avec habileté. Après avoir publié de nombreux textes, poèmes et articles critiques vite remarqués, il obtient une pension royale qui lui permet de se consacrer entièrement à son œuvre mais en 1830, sa pièce *Hernani* fait scandale. Elle l'impose comme le chef incontesté d'un nouveau courant littéraire, le romantisme, qui refuse de se plier aux contraintes de la tradition classique. Désormais considéré comme un frondeur, mais aussi parce qu'il milite contre la peine de mort, Victor Hugo a bien du mal à obtenir la consécration officielle qu'il recherche. Il essuie trois échecs à l'Académie française avant d'y être élu en 1841. Cependant, Louis-Philippe, qui l'estime beaucoup, le nomme à la Chambre des pairs, une sorte d'Assemblée législative restreinte, en 1845.

Revirements

Dans sa vie publique comme dans sa vie privée, Victor Hugo semble alors un homme comblé. N'a-t-il pas trouvé en Juliette Drouet la femme de sa vie ? En 1833, il entame en effet une liaison avec la jeune femme, liaison qui durera jusqu'à la mort de celle-ci (1883). Mais la mort de sa fille Léopoldine le frappe durement. Dans le recueil de poèmes *Les Contemplations*, il exprime sa douleur immense.

Qui est Victor Hugo

Après la révolution de 1848, sa carrière politique prend un nouveau tournant. Il est élu député et se rapproche très vite de la gauche républicaine qui comme lui se mobilise sur les questions de la pauvreté. Lors du coup d'État de Louis Napoléon Bonaparte le 2 décembre 1851, il manifeste son opposition et doit s'enfuir après avoir tenté d'inciter le peuple à la résistance.

L'Exil : Une Période d'Intense Créativité (1851-1870)

Hugo séjourne en Belgique avant de rejoindre les îles Anglo-Normandes. De cet exil, il va poursuivre sa lutte contre le pouvoir impérial. C'est à Hauteville House, son lieu de résidence à Guernesey, qu'il mènera à son terme le projet des *Misérables* qu'il avait interrompu « pour cause de révolution ». Cette période est extrêmement féconde pour son œuvre poétique (*La Légende des siècles*) et romanesque (*Les Travailleurs de la mer, L'Homme qui rit*).

La Gloire

Accueilli triomphalement à Paris dès la proclamation de la République en 1871, il est à nouveau élu député de Paris. Son roman *Quatrevingt-Treize* paru en 1874 s'inspire des événements de la Commune. Victor Hugo devient un symbole pour la République dont il défend les grandes idées : suffrage universel, enseignement laïque et obligatoire. Six mille personnes – écoliers et ouvriers – défilent sous ses fenêtres le jour de ses 84 ans. Sa mort, le 22 mai 1885, donnera lieu à une manifestation grandiose et populaire : funérailles nationales et inhumation au Panthéon.

Le projet des *Misérables* a mûri lentement dans l'esprit de Victor Hugo. Issu d'un milieu aisé, l'écrivain est scandalisé par la misère qu'il observe autour de lui. Très tôt dans sa carrière d'homme politique et d'écrivain, il se bat pour les questions sociales. Cette fresque est aussi l'occasion pour lui de se lancer dans un genre nouveau, le roman populaire. D'abord intitulé *Les Misères*, le roman a été conçu dès 1830 : notes diverses, enquêtes, visite au bagne attestent de son projet. Ce n'est qu'en 1845 que Victor Hugo en entreprend la rédaction, qu'il interrompt en 1848 pour se consacrer à la politique. Douze ans plus tard, il reprend le manuscrit et achève le roman en 1861. Il lui aura donc fallu dix-huit ans pour mener ce projet à son terme ! « Ma conviction est que ce livre sera un des principaux sommets, sinon le principal de mon œuvre », confiait-il à son éditeur avant même d'avoir achevé la révision des *Misérables*. La publication échelonnée entre avril et juin 1862 est un événement sans précédent. Depuis leur parution, *Les Misérables* est l'œuvre de Victor Hugo la plus célèbre et la plus lue.

Les Misérables ....

Où ?

En France, de Digne à Paris,
en passant par Montreuil-sur-Mer.
Des lieux symboliques aussi : le bagne,
la maison de l'évêque, le commissariat,
le tribunal, et pour finir le couvent.

Quand ?

Au début du XIXe siècle :
l'action commence en 1815, l'année de la
défaite de Napoléon à Waterloo.

Qui ?

Jean Valjean, ancien forçat, M. Madeleine,
le numéro 9430 au bagne,
l'inconnu qui rencontre Cosette dans la forêt :
quatre identités pour un même homme…

Quoi ?

Octobre 1815 à Digne. Un soir, un homme d'aspect misérable, refoulé de toutes parts car il revient du bagne, est accueilli par l'évêque. Malgré cette hospitalité, il s'enfuit avec des couverts en argent. En le sauvant d'une nouvelle condamnation, l'évêque produit chez l'ancien bagnard un bouleversement : gagné par l'appel de la bonté, il décide de se racheter.

Quatre ans plus tard, à Montreuil-sur-Mer, Jean Valjean est devenu M. Madeleine, industriel fortuné et bienfaiteur de la ville. Il recueille Fantine, une de ses anciennes ouvrières tombée dans la déchéance, et lui promet de ramener sa fille Cosette qu'elle a confiée à un couple d'aubergistes, les Thénardier.

Coup de théâtre : Jean Valjean apprend qu'un certain Champmathieu est sur le point d'être condamné à sa place pour le vol des couverts en argent. N'écoutant que sa conscience, il se dénonce et est à nouveau envoyé au bagne. Evadé mais tenu pour mort, il ira chercher la petite Cosette, désormais orpheline, martyrisée par les Thénardier. Tirée de leurs griffes, Cosette passe quelques semaines paisibles à Paris en compagnie de son sauveur. Mais l'inspecteur Javert n'avait jamais perdu la trace de Jean Valjean...

Les Misérables en 8 mots

Crimes et châtiments

Dans *Les Misérables*, les vols se succèdent mais ne se ressemblent pas. C'est souvent la misère qui pousse au vol, mais il y a aussi des vols crapuleux tels que ceux commis par Thénardier qui extorque à Fantine sa dernière fortune. Parfois le vol est même commis sans mobile apparent : on ne comprend pas ce qui explique le vol des couverts ni celui de la pièce de Petit-Gervais. Cependant la plus grande injustice réside dans la disproportion des peines qui sanctionnent les fautes : pour le vol d'un simple morceau de pain, Jean Valjean aura purgé dix-neuf années de bagne !

Enfance

Cosette, Eponime et Azelma, Petit-Gervais et les autres... Victor Hugo le premier a introduit dans le roman français le monde de l'enfance, avec ses jeux, ses peurs, ses joies et ses désirs. La protection de l'enfant fut une préoccupation centrale du romancier : il est d'ailleurs le premier a avoir utilisé l'expression « droits de l'enfant ». Abandonnés, martyrisés, affamés, les enfants représentent dans *Les Misérables* le scandale d'une société incapable de protéger l'innocence et la faiblesse. L'écrivain a donné un visage et un nom à la misère et à l'exclusion enfantines : Cosette est devenue le symbole de l'enfant martyr. A la fin de sa vie, alors qu'il est en exil à Guernesey, Victor Hugo organise des repas pour les enfants pauvres dans sa maison d'Hauteville House ; ils réunissent assez vite une quarantaine d'enfants et ont lieu tout le temps que dure l'exil de l'écrivain (voir p. 260).

HASARD

Le hasard sépare ou réunit les personnages et bouleverse leur existence : Jean Valjean est amené à se dénoncer au moment où ses craintes allaient s'apaiser, il retombe constamment sur son ennemi Javert. Des coïncidences inattendues, imprévisibles, renversent brutalement le cours des événements. C'est au hasard, sorte de mécanisme implacable, qu'on doit les multiples rebondissements du récit.

MISÈRE

D'abord intitulé *Les Misères*, terme qui désigne toutes les souffrances qui frappent l'homme, *Les Misérables*, « mot fatal » comme le dit Victor Hugo, désigne deux catégories de personnages : les pauvres, les faibles victimes ou opprimés comme Jean Valjean et sa famille, Fantine ou Cosette, et les malfaiteurs ou les brigands qui hantent les bas-fonds de la société (les Thénardier).

PASSEPORT JAUNE

Sorte de carte d'identité réservée aux anciens forçats, sur laquelle sont inscrites leurs peines. Une fois libéré, le forçat devait présenter ce passeport à la gendarmerie de sa ville de séjour. S'il quittait sa résidence, on disait qu'il était en « rupture de ban ». Par ce passeport, l'ancien bagnard est marqué à vie et frappé d'exclusion comme Jean Valjean quand il arrive à Digne.

PROMESSE

La première, celle qui engage Jean Valjean à changer,

exprime plutôt la confiance de Mgr Myriel et l'espoir qu'il a de le voir devenir honnête. On remarque ici la force de cette parole qui restera gravée dans la mémoire de l'ancien forçat. La seconde promesse est comme une réponse à la première : Jean Valjean s'engage à aller chercher Cosette et à la ramener à sa mère.

Surprise

La mauvaise surprise, d'abord : la trahison de Tholomyès qui abandonne Fantine. Cet abandon marque le début d'une déchéance qui la conduira jusqu'à la mort, laissant Cosette orpheline. La surprise est aussi une manière de construire le récit qui repose souvent sur des coups de théâtre ou sur le suspense : le lecteur piqué par la curiosité va ainsi de surprise en surprise.

« Tempête sous un crâne »

L'image, devenue classique, exprime la lutte qu'affronte la conscience de Jean Valjean : tiraillé entre son intérêt personnel et son devoir durant une nuit entière, il ira finalement se dénoncer pour sauver Champmathieu d'une injustice, respectant ainsi la promesse faite à Mgr Myriel.

4 clés pour un roman

Roman populaire

Les Misérables ont connu et connaissent encore un succès considérable, au point qu'on peut les considérer comme l'un des romans les plus connus de la littérature mondiale. Comment expliquer un tel engouement ?

D'abord par le talent de Victor Hugo qui arrive à susciter chez le lecteur la compassion pour ses personnages. Figures légendaires, Jean Valjean, Cosette et Fantine font désormais partie de la mémoire collective et incarnent le drame de la misère. On suit avec émotion et indignation leurs trajectoires, et l'aspect pathétique de certaines situations ne laisse personne indifférent.

Le suspense toujours entretenu éveille constamment la curiosité du lecteur : l'histoire évolue au gré des poursuites, des évasions (de la prison ou du bagne) et des cachettes (la mer, la maison Gorbeau). Les personnages ne cessent de changer d'identité et portent rarement leur nom, plus souvent un surnom et parfois seulement un prénom. *Les Misérables* oscille ainsi entre le roman policier et le roman d'aventures. Enfin, s'il veut distraire en racontant une histoire, Victor Hugo cherche aussi à éduquer le peuple ; proche des héros, il est le premier concerné par le problème de la misère. L'écrivain ne se prive pas d'exprimer son point de vue sur cette question : la peinture des maux qui accablent les personnages se double d'une réflexion sur la façon d'améliorer leur sort. La volonté d'éclairer et de convaincre le peuple est une de ses préoccupations constante : *Les Misérables* est aussi un roman éducatif.

Toutes les ficelles et les procédés du roman populaire se trouvent ainsi réunis dans cette œuvre monumentale.

Jean Valjean

Personnage principal, il subit plusieurs transformations au cours de l'histoire. Sur le plan de la condition sociale, d'abord : il est un paria que tout le monde rejette quand il apparaît dans le roman et devient ensuite un personnage officiel, estimé et reconnu de tous.

Parallèlement, cette ascension sociale se marque dans la transformation de son allure physique : son aspect de vagabond (pantalon rapiécé, blouse en haillons) tranche avec l'allure bourgeoise mais simple qu'il adopte à Montreuil-sur-Mer. Ses cheveux qui blanchissent en une nuit symbolisent bien la fulgurance de ces transformations. Enfin, la métamorphose morale n'est pas le moindre de ces changements : de paria haineux et révolté contre la société, Jean Valjean devient un héros bienfaisant. Suivant en cela le modèle de Mgr Myriel, sorte de saint moderne qui lui montre la voie à suivre, il retrouve ses qualités perdues, celles que le bagne lui a ôtées : à nouveau bon et dévoué, il met sa vie au service des malheureux.

Cette transformation s'effectue au fil de douloureux événements par lesquels la vertu et la bonté du héros sont sans cesse éprouvées. Mais ces difficultés sont autant d'obstacles qui contribuent au rachat et à l'ascension morale de Jean Valjean.

JAVERT

Silhouette menaçante, Javert a toujours un œil fixé sur Jean Valjean. Leurs noms se ressemblent, leurs itinéraires sont parallèles mais tout oppose l'ancien forçat et l'homme de police : l'un fuit, l'autre poursuit et surgit quand on l'attend le moins. Homme de l'ombre et du silence, Javert est un personnage inquiétant mais fascinant. Impitoyable et inflexible, il consacre sa vie à la défense de l'ordre social, voue à la loi un respect aveugle, suscitant ainsi la crainte de tous. D'ailleurs, les images utilisées pour le décrire ne trompent pas : « Javert sérieux était un dogue ; lorsqu'il riait c'était un tigre. »

Personnage complexe, cet homme, animé par le respect de l'autorité au point d'aller proposer sa démission à M. Madeleine pour l'avoir – croit-il – injustement soupçonné, n'est pas dépourvu de certains préjugés comme le montre la scène où il condamne Fantine à tort : pour lui, le bourgeois a toujours raison devant le misérable.

Son inflexibilité, qui constitue pour sa fonction une indéniable qualité, devient par son exagération un défaut : Javert applique la justice aveuglément et ne connaît pas les circonstances atténuantes, il lui manque l'intelligence du cœur.

Ombres et Lumières

La plupart des grandes scènes des *Misérables* se déroulent la nuit : nuit hostile et solitaire pour Jean Valjean lors de la recherche d'un toit, nuit d'agonie lors de la « tempête sous un crâne », nuit de Noël remplie d'ombres inquiétantes pour Cosette. Toutefois certains épisodes apportent quelque lumière à cet univers nocturne : la rencontre avec Mgr Myriel, la décision que prend Jean Valjean d'aller se livrer à la justice au jour levant.

Le monde de Victor Hugo se partage entre le clair et l'obscur. Cette opposition qui traverse tout le roman exprime le va-et-vient entre les forces du mal et celles du bien : ainsi l'ombre se fait autour de Jean Valjean lorsqu'il dérobe la pièce à Petit-Gervais ; au contraire, il y a sur le front de Mgr Myriel endormi « l'inexprimable réverbération d'une lumière » qui peut évoquer l'auréole d'un saint. Enfin, ombres et lumières symbolisent le combat en l'homme du vice et de la vertu : « d'un côté, les épaisseurs obscures et de l'autre la lumière » partagent l'âme de Jean Valjean ; c'est la réverbération des flambeaux d'argent offerts par Mgr Myriel qui le décida à se dénoncer pour sauver Champmathieu d'une injustice.

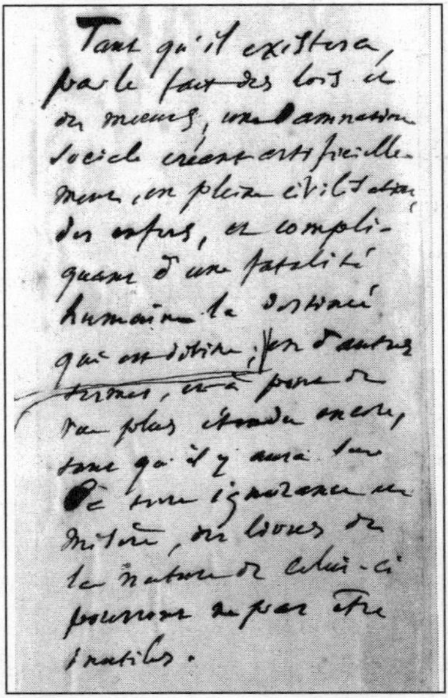
Tant qu'il existera, par le fait des lois et des mœurs, une damnation sociale créant artificiellement, en pleine civilisation, des enfers, et compliquant d'une fatalité humaine la destinée qui est divine ; [illegible] tant qu'il y aura sur la terre ignorance et misère, des livres de la nature de celui-ci pourront ne pas être inutiles.

Manuscrit de la préface des Misérables
écrite par Victor Hugo (D.R.)

A vos plumes

- Comme Cosette lorsqu'elle va chercher de l'eau dans la forêt, **il vous est arrivé de ressentir une peur immense** : rédigez un texte de quelques lignes qui exprime vos impressions. Essayez d'utiliser des images pour rendre la peur.

- **Et si Jean Valjean vivait aujourd'hui**, à quoi ressemblerait-il ? Brossez-en son portrait, imaginez sa vie de tous les jours (vie d'exclu ou vie d'un bourgeois respecté…).

- **Comme Jean Valjean, vous avez été confronté à un cas de conscience** : racontez-en les circonstances, présentez vos hésitations et votre décision finale sous la forme d'un monologue intérieur, en vous inspirant du chapitre « Tempête sous un crâne ».

- **Vous avez été un jour témoin d'une injustice** ; racontez la scène, dites ce qui vous a révolté, quelle a été votre réaction. Imaginez que vous êtes avocat : comment défendriez-vous Jean Valjean pour lui éviter le bagne ? Il faut convaincre le jury : utilisez des formules percutantes.

Vous voulez dénoncer la misère : différents moyens sont à votre disposition...Inventez des slogans ; rédigez un texte d'une quinzaine de lignes sur ce thème ; faites dialoguer deux personnes.

Vous pouvez choisir un autre thème, par exemple la défense des droits de l'enfant.

Jean Valjean et Cosette
Illustration de GEOFFROY (D.R.)

« Citations & expressions »

« ... TANT QU'IL Y AURA SUR TERRE IGNORANCE ET MISÈRE, DES LIVRES DE LA NATURE DE CELUI-CI POURRONT NE PAS ÊTRE INUTILES... » *(Les Misérables,* préface*.)*

Le roman connut un succès retentissant, mais rencontra aussi des critiques féroces ; ainsi Lamartine, grand poète rival de Victor Hugo, qualifia le livre de « Très dangereux de deux manières : non seulement parce qu'il fait trop craindre aux heureux, mais parce qu'il fait trop espérer aux malheureux. »

A la même époque, le romancier Flaubert reprocha également au livre de bercer le peuple d'illusions :

« *Les Misérables* m'exaspèrent (...). Je ne trouve, dans ce livre, ni vérité, ni grandeur. Quant au style, il me semble intentionnellement incorrect et bas. C'est une façon de flatter le populaire. »

D'autres enfin prirent publiquement fait et cause pour le roman, comme Baudelaire, grand poète du XIXe siècle :

« *Les Misérables* sont un livre de charité, un étourdissant rappel à l'ordre d'une société trop amoureuse d'elle-même, trop peu soucieuse de l'immortelle loi de fraternité ; un plaidoyer pour les *misérables* (ceux qui *souffrent* de la misère et que la misère *déshonore*) proféré par la bouche la plus éloquente de ce temps. »

Victor Hugo (D.R.)

Autour des Misérables

« JE SUIS DE CEUX QUI PENSENT ET QUI AFFIRMENT QU'ON PEUT DÉTRUIRE LA MISÈRE. »
(Victor Hugo, 1849.)

Cet extrait d'une revue parue en 1862 témoigne de l'éclatant succès des *Misérables :*

> « Le 15 mai 1882, avant six heures du matin, une foule compacte encombrait la rue de Seine devant un magasin encore fermé (...). On criait, on jouait des coudes, on se bousculait, on se battait même, car chacun voulait prendre la meilleure place, tout près de l'entrée (...).
> A six heures et demie, on descendit pour essayer d'ouvrir la porte du magasin, mais la pression de la foule rendait l'opération difficile. Enfin, au bout de quelques minutes, on ouvrit. Le spectacle qui s'offrait aux visiteurs était assez imposant. Des piles nombreuses de livres s'élevaient du plancher au plafond (...). C'étaient les seconde et troisième parties du roman *Les Misérables.* Le succès de la première partie (...) avait été si grand que les demandes étaient venues de toutes parts. »

Victor Hugo a abordé ce thème de la misère dans d'autres romans ; *Claude Gueux* par exemple, écrit en 1834, s'insurgeait déjà contre ce fléau :

> « Le peuple a faim, le peuple a froid. La misère le pousse au crime ou au vice selon le sexe. Ayez pitié du peuple à qui le bagne prend ses fils, et le lupanar ses filles. Vous avez trop de forçats, vous avez trop de prostituées. Que prouvent ces deux ulcères ? Que le corps social a un vice dans le sang. Vous voilà réunis en consultation au chevet du malade ! Occupez-vous de la maladie. »

Mais Victor Hugo est aussi un homme politique – il a été député à plusieurs reprises – qui met sa plume au service de ses idées ; voici un extrait du *Discours sur la misère* qu' il prononça à l'Assemblée le 9 juillet 1849 :

> « Vous n'avez rien fait tant que le peuple souffre. Vous n'avez rien fait tant qu'il y aura au-dessous de vous une partie du peuple qui désespère. Vous n'avez rien fait tant que ceux qui sont dans la force de l'âge et qui travaillent peuvent être sans pain. Tant que ceux qui sont vieux et ont travaillé peuvent être sans asile. »

Sans oublier la poésie… Ces quelques vers peignent la condition des enfants qui travaillent :

> « Où vont tous ces enfants dont pas un seul ne rit ?
> Ces doux êtres pensifs, que la fièvre maigrit ?
> Ces filles de huit ans qu'on voit cheminer seules ?
> Ils s'en vont travailler quinze heures sous les meules ;
> Ils vont, de l'aube au soir, faire éternellement
> Dans la même prison le même mouvement. »
>
> *Les Contemplations (Mélancholia).*

La littérature du XIXe siècle donne une place importante à l'enfant-martyr : *Oliver Twist* de Charles Dickens, romancier anglais, dresse un tableau des souffrances de l'enfant pauvre et abandonné. Dans cet extrait, on constate la dureté du régime auquel sont soumis les enfants dans un orphelinat :

> « Vint le moment du dîner ; les enfants prirent place à table. (…) L'on servit le brouet et l'on dit de longues grâces sur le bref ordinaire. Le brouet disparut ; les garçons chuchotèrent entre eux et adressèrent des clins d'œil à Oliver, tandis que ses voisins immédiats le poussaient du coude. Tout enfant qu'il était, la faim et la détresse lui donnaient l'énergie farouche du désespoir. Il se leva de table, s'avança, écuelle à la main, jusqu'au surveillant et dit, quelque peu effrayé de sa propre audace : “ S'il vous plaît, Monsieur, j'en voudrais encore. ”

Le surveillant était un gros homme, regorgeant de santé, mais il devint livide. Hébété de stupéfaction, il contempla quelques secondes le petit rebelle, puis s'agrippa à la chaudière en guise de soutien. Les assistantes étaient paralysées par la surprise, les enfants par la peur (...).

Le surveillant allongea un coup de sa louche sur la tête de l'enfant et enserra celui-ci dans ses bras en hurlant pour appeler le bedeau. »

Beaucoup de personnages des *Mystères de Paris* d'Eugène Sue ont des points communs avec ceux des *Misérables.* A travers ce roman d'aventures, Eugène Sue a l'ambition de « signaler aux hommes les douleurs, les privations, les droits et les espérances des travailleurs ». En voici un extrait qui par bien des aspects se rapproche du chapitre XII qui raconte la déchéance et la misère de Fantine :

« On n'a peut-être pas oublié qu'une famille malheureuse dont le chef, ouvrier lapidaire, se nommait Morel, occupait la mansarde de la maison de la rue du Temple.

Nous conduirons le lecteur dans ce triste logis. Il est cinq heures du matin.

Au dehors le silence est profond, la nuit noire, glaciale ; il neige.

Une chandelle, soutenue par deux brins de bois sur une petite planche carrée, perce à peine de sa lueur jaune et blafarde les ténèbres de la mansarde (...).

Le sol d'une couleur sans nom, infect, gluant, est semé çà et là de brins de paille pourrie, de haillons sordides, et de ces gros os que le pauvre achète aux plus infimes revendeurs de viande corrompue pour ronger les cartilages qui y adhèrent encore...
Une si effroyable incurie annonce toujours ou l'inconduite, ou une misère honnête, mais si écrasante, si désespérée, que l'homme anéanti, dégradé, ne sent plus ni la volonté, ni la force de sortir de sa fange : il y croupit comme une bête dans sa tannière. »

(*Les Mystères de Paris*, III, 8, 1842-1843)

Bibliographie

Pour en savoir plus sur Victor Hugo et son œuvre, voici deux ouvrages abordables:

Giorda

Victor Hugo et la légende d'un siècle (Hachette, 1983)

A. Rosa

Victor Hugo, l'éclat d'un siècle (La Farandole, 1985)

Et quelques titres de son œuvre romanesque où l'on retrouve l'écrivain préoccupé par la misère :

- *Le Dernier Jour d'un condamné*
- *Les Travailleurs de la mer*
- *L'Homme qui rit*

D'autres grands écrivains du XIXe siècle traitent de l'enfance malheureuse. Parmi les œuvres plus connues :

Jules Vallès

L'Enfant (Le Livre de Poche Jeunesse) : un réquisitoire virulent contre une autorité parentale tyrannique.

Alphonse Daudet

Le petit Chose (Le Livre de Poche Jeunesse) : récit autobiographique retraçant une enfance difficile.

J. Renard

Poil de Carotte (Le Livre de Poche Jeunesse) : souffre douleur de sa mère, un enfant endure des humiliations qui le conduisent au désespoir.

Parmi les romans du XXe siècle inspirés par le même thème,

José Mauro de Vasconcelos

Mon bel Oranger (Le Livre de Poche Jeunesse) : l'histoire de Zézé, le petit Brésilien battu, qui confie ses rêves à un oranger.

Jackie French Koller

Moi, Daniel, cireur de chaussures (Le Livre de Poche Jeunesse) : à New York, en 1932, pendant la Grande Répression, Daniel, 13 ans, connaît la faim, le chômage et la rue.

Filmographie

Il existe de nombreuses adaptations cinématographiques des MISÉRABLES. *Nous ne retenons ici que les plus connues :*

LES MISÉRABLES

de J.-P. Le Chanois avec Jean Gabin dans le rôle de Jean Valjean et Bourvil dans celui de Thénardier (1957).

LES MISÉRABLES

de R. Hossein : c'est Lino Ventura qui tient le rôle de Jean Valjean et Jean Carmet celui de Thénardier ; Michel Bouquet est l'inspecteur Javert (1982).

LES MISÉRABLES DU XXe SIÈCLE

de Claude Lelouch : une version contemporaine du roman (1995).

*Le cinéma abonde en adaptations d'œuvres littéraires où l'enfant tient le premier rôle : il existe plusieurs versions d'*Oliver Twist *et de* David Copperfield *;* Poil de Carotte *a été adapté en 1932 par Julien Duvivier.*

Enfin, sur le même thème, on ne peut oublier quelques grands classiques :

THE KID *(le gosse)*
de Charles Chaplin (1921)

LES 400 COUPS
de François Truffaut (1958)

LOS OLVIDADOS
de Luis Buñuel : moins connu et plus violent, un film réalisé en 1950, qui met en scène une bande de jeunes dans un faubourg de Mexico où se côtoient misère, délinquance et alcoolisme.

Témoignage

Les autres visages de Victor Hugo

Sur la très belle place des Vosges à Paris, se trouve l'hôtel de Rohan-Guéménée où résidèrent Victor Hugo et sa famille. On peut le visiter et découvrir d'autres facettes de la vie et de la personnalité de ce grand homme. Voici ce qu'en dit Delphine Sébastien, conférencière des Musées de la ville de Paris.

Quand Victor Hugo a-t-il habité cette maison ?

Il s'y installe en 1832 avec sa femme et ses enfants pour se rapprocher du centre de Paris et de certains de ses amis. Cette maison sera le théâtre de plusieurs grands événements de sa vie, heureux et malheureux : il sera élu académicien, nommé à la Chambre des pairs de France (une Assemblée législative très sélective) alors qu'il y résidait. Son salon est fréquenté par toutes les célébrités de l'époque : Musset, Balzac, Lamartine… Mais c'est aussi dans cette maison qu'il vit le drame de la mort de sa fille Léopoldine. Juliette Drouet, qu'il rencontre en 1833, habite à quelques rues de là et lui rend parfois visite dans ce qu'elle appelle son « bric à brac ». Victor Hugo qui a beaucoup déménagé y fit son plus long séjour ; il quitte la maison après que des insurgés ont

Son salon est fréquenté par toutes les célébrités de l'époque : Musset, Balzac, Lamartine…

pénétré dans son appartement. Il faut rappeler qu'à cette époque, en 1848, il était pair de France et soutenait donc le pouvoir en place.

Quel type d'objet peut-on voir au musée ?

Il y a dans la collection de nombreux souvenirs : livres, dessins, objets personnels. Par exemple, la table sur laquelle il a composé *La Légendes des siècles*, quelques objets ayant appartenu à sa fille Léopoldine, des encriers rassemblés sur un tableau qui ont été offerts, à la demande de Mme Hugo, par George Sand, Alexandre Dumas et Lamartine, pour une vente de charité destinée aux enfants pauvres de Guernesey. De nombreux dessins de Victor Hugo sont exposés : il a consacré une partie de son temps à l'exécution de croquis, de caricatures et de peintures qui expriment son univers.

En quoi le décor de cet appartement est-il révélateur de la personnalité et des goûts de Victor Hugo ?

Victor Hugo a créé des meubles extraordinaires, parfois surréalistes

Le décor traduit bien la fantaisie de l'artiste qui avait plus d'une corde à son arc. On connaît moins le goût de Hugo pour la décoration mais il avait en ce domaine un réel talent : Victor Hugo a créé des meubles extraordinaires, parfois surréalistes, à partir d'éléments hétérogènes qu'il achetait chez les brocanteurs. Sa signature est apposée en de nombreux endroits et ses initiales servent souvent d'ornement : V. H. On est souvent étonné de l'imagination et des ressources de l'écrivain : l'ombre d'un petit chinois qui, sur une chaise, s'exerce à tenir en équilibre, dessine avec humour le V et le H.

(Propos recueillis par L. Corbel.)

La Maison de Victor Hugo est située 6, place des Vosges 75004 Paris. Le musée est ouvert du mardi au dimanche de 10h à 17h40 et fermé le lundi et les jours fériés.
Tel : 42 72 10 16.
On peut aussi visiter la maison de Hauteville House à Guernesey : lieu fascinant, elle comporte une multitude de meubles et d'objets dans un décor d'une extrême originalité.

Conception : Solange de Fréminville & Anne-Laure Brisac
Rédaction : Laurence Corbel
Maquette : Les créations Sauvage
Iconographie : Photothèque Hachette (droits réservés)

IMPRIMÉ EN FRANCE PAR BRODARD ET TAUPIN
Usine de La Flèche, 72200.
Dépôt légal Imp. : 1396T-5 – Edit : 6982.
32-10-1447-03-5 – ISBN : 2-01-321447-2.
Loi n° 49-956 du 16 juillet 1949 sur les publications destinées à la jeunesse.
Dépôt : janvier 1998.